Shelia Fisher

Das Versprechen des Sizilianers

AF191730

Shelia Fisher ist das Pseudonym der deutschen Autorin Silke Fischer, die 1967 geboren wurde und vor einigen Jahren den Niederrhein zu ihrer Wahlheimat auserkoren hat.

Stets unterstützt von Familie und Hund erfüllte sie sich 2017 ihren lang gehegten Jugendtraum und veröffentlichte ihren ersten Roman. Seitdem kann sie nicht mehr aufhören mit dem Schreiben und kombiniert nun ihren Arbeitsalltag voller Zahlen und Statistiken erfolgreich mit der Leidenschaft für die Buchstaben.

Besuchen Sie die Autorin im Internet:
www.sheliafisher.de

Shelia Fisher

Das Versprechen des Sizilianers

Deutsche Erstausgabe
1. Auflage, Oktober 2022
Copyright (C) 2022 by Shelia Fisher
Lektorat: Daniela Humblé-Janßen
Cover-Grafik: smdesigns – pixabay.com
Umschlaggestaltung: Jens Bachmann
Herstellung und Verlag:
BoD – Books on Demand, Norderstedt
ISBN 9 783756 818310

Ein gegebenes Versprechen ist eine unbezahlte Schuld.

- William Shakespeare -

Capitolo 1

Aurora

Das Zirpen der Singzikaden klingt in meinen Ohren fast schon höhnisch zu der seit Wochen anhaltenden Trockenheit, die nicht nur mich, sondern ebenso alle ansässigen Weinbauern der Toskana in höchste Alarmbereitschaft versetzt. Soweit ich zurückdenken kann, gab es hier noch nie so eine katastrophale Dürre.

Mit dieser ernüchternden Erkenntnis steige ich in meinen Pick-up, starte ihn und fahre den holprigen, ausgefahrenen Weg durch den Olivenhain. Dieser führt mich direkt auf eine kleine Zufahrtsstraße zu dem alten Familienanwesen, welches nur wenige Kilometer entfernt von Florenz – eingebettet in einer hügeligen und teils wilden Landschaft – liegt.

Zu meinem Verdruss muss ich noch einige Dinge in der naheliegenden Kleinstadt erledigen und biege deshalb in die entgegengesetzte Richtung ab. Weit komme ich nicht, denn als ich um die nächste Kurve fahre, begegnet mir auf der falschen Straßenseite eine Radfahrerin. Lange brauche ich nicht, um zu erkennen, dass es sich um die Inhaberin einer der besten Pasticcerie in der Toskana handelt.

Was hat Isabella vor?

Sobald sie mich entdeckt, beginnt sie wild mit dem linken Arm zu fuchteln, was bei mir eine Art von Angst auslöst, denn sie könnte dabei vom

Fahrrad fallen. Automatisch trete ich auf die Bremse und halte ruckartig an, während Isabella direkt auf mein Auto zufährt.

„Bist du lebensmüde?", rufe ich ihr im strengen Ton zu, während ich aus dem Pick-up steige.

„Aurora! Du wirst nicht glauben, wer gerade in meiner Pasticceria war!", keucht sie, springt vom Rad und lässt es im nächsten Augenblick los, woraufhin es scheppernd zu Boden fällt.

Ernsthaft?

Da Isabella mit einer beschmutzten weißen Schürze vor mir steht, war der Besucher anscheinend so bedeutend, dass sie keine Zeit mehr hatte, sich umzuziehen. Sogar auf dem Tuch um ihrem Kopf, womit sie ihre langen blonden Haare bändigt, entdecke ich Schokoladenspritzer.

„Wenn ich deine Aufregung richtig deute, dann kann es sich nur um den römischen Kaiser Julius Cäsar persönlich handeln", antworte ich scherzhaft.

„Was laberst du denn da …?", rügt mich Isabella und pustet sich eine Haarsträhne aus dem Gesicht.

Recht hat sie, wenn ich nicht wüsste, dass der Mann schon vor unserer Zeitrechnung ermordet wurde.

„Du hättest mich auch anrufen können", werfe ich ein. „Es muss schon etwas wirklich Wichtiges passiert sein, wenn du fünf Kilometer in der Mittagshitze hierher radelst. Außerdem, was machst du hier in der Provinz?", frage ich, denn meistens ist Isabella in ihrer Pasticceria in Florenz zu finden. Die kleine Konditorei im Nachbarort benutzt sie nur, um neue Kreationen auszuprobieren.

„Da siehst du mal, wie wichtig du mir bist, zumal man dich anrufen kann, wann man will, du nimmst das Gespräch fast nie an", zetert sie.

„Ich telefoniere halt nicht so gerne", maule ich.

„Hör auf zu lügen. Du hast bei jedem Anruf, der dich erreicht, mit Schnappatmung zu kämpfen, weil du Angst hast, dass es dieser Idiot aus Sizilien ist."

„Stimmt doch gar nicht! Im Moment habe ich ganz andere Probleme", rechtfertige ich mich.

Das ist tatsächlich nicht gelogen. Die angespannte finanzielle Situation, die momentan unser Familienunternehmen belastet, lässt mich nachts kaum schlafen. Aber darüber will ich jetzt nicht nachdenken. „Nun erzähle schon … wer war denn nun in deiner Pasticceria?"

Anstatt meine Neugier zu befriedigen, betrachtet mich Isabella argwöhnisch.

Das mag ich gar nicht.

„Was ist?", blaffe ich sie deshalb an.

„Als deine beste Freundin muss ich es dir jetzt sagen … du siehst richtig fertig aus." Isabellas intensiver Blick durchbohrt mich förmlich. Jedenfalls fühle ich mich so.

„Das wird wieder …", murmle ich, sehe vor Scham zur Seite und streiche mir die hellbraune Haarsträhne, die aus meinem Dutt gerutscht ist, zurück.

„Aurora! So kann es nicht weitergehen. Du bist nur noch Haut und Knochen …", mahnt Isabella und sieht auf meine nackten Beine, an denen ein paar Schürfwunden von der Arbeit in den Weinbergen zu sehen sind.

„Das weiß ich selbst. Aber das sind im Moment meine geringsten Probleme. Wenn dieses Jahr die Weinernte wegen der anhaltenden Hitze eine schlechte Qualität aufweist und ich dadurch keinen hochwertigen Wein produzieren kann, dann muss ich das Anwesen spätestens nächstes Jahr verkaufen. Was das bedeutet, kannst du dir denken …"

„Natürlich! Das würde auch deine Mutter und Großmutter betreffen …"

„Wie stehe ich dann vor ihnen da? Meine Urgroß-mutter hat das Weingut alleine durch den zweiten Weltkrieg gebracht, weil ihr Mann im Kampf gefallen ist. Der Ehemann meiner Großmutter ist verstorben, als sie noch jung war und mein Vater hat meine Mutter schon sitzen gelassen, da war ich noch nicht mal geboren. Von meiner gescheiterten Ehe muss ich dir nichts erzählen …"

„So richtig viel Glück mit Männern habt ihr Martinelli-Frauen nicht …", sinniert Isabella laut und guckt mich dabei dümmlich an.

„Mach dich nur lustig …", schelte ich sie, obwohl ich schmunzeln muss, denn auf diese Weise habe ich unser gemeinsames Schicksal noch nie betrachtet. Vielleicht ist es tatsächlich so und ich sollte zukünftig die Finger von Männern lassen. Immerhin ist der Versuch, nach meiner gescheiterten Ehe einen Neubeginn zu wagen, vor Monaten kläglich gescheitert.

„Aurora, ich will dir wirklich nicht zu nahe treten, aber ich frage mich schon lange, wo meine Freundin geblieben ist, die ich noch aus unserer gemeinsamen Zeit in Mailand kenne. Du hast vor zehn Jahren, als ich unerfahrenes Ding noch die Welt erobern wollte, immer an mich geglaubt und jetzt … wo wir Mitte dreißig sind, muss ich mir Sorgen um dich machen … „

„Musst du nicht", lenke ich ein und füge hinzu, „na, die Welt ist es nicht geworden, aber die Toskana liegt dir schon zu Füßen …"

„Aurora, verdammt! Halt die Klappe und nimm einfach meine Hilfe an!"

Dafür bin ich einfach zu stolz.

***

So langsam glaube ich, dass ich der wahre Grund bin, warum Isabella hier plötzlich aufgetaucht ist. Aber so verzweifelt bin ich noch nicht, dass sie sich ernsthafte Sorgen um mich machen muss. Ich befinde mich nur momentan in einer verdammt schlechten Lebensphase.

Das wird auch wieder besser.

Es muss!

Themawechsel!

„Also, ich brauche noch ein paar Dinge aus der Stadt", beginne ich, „doch zuvor will ich meinen Körper in einen Zuckerrausch versetzen. Lädst du mich in deine Pasticceria ein?" Bei meiner rhetorischen Frage grinse ich Isabella schelmisch an.

„So gefällst du mir. Ich sorge dafür, dass du wieder mit weiblichen Rundungen durch die Gegend läufst."

„Jetzt übertreibe nicht. So dürr bin ich nun auch nicht."

„Warte ab, bis die nächsten Herbststürme

kommen. Dann solltest du dich gut festhalten …",
frotzelt Isabella.

„Jetzt höre auf zu labern und schmeiße deinen
Schrotthaufen auf die Ladefläche von meinem Pick-
up!", sage ich und zeige auf das ramponierte Fahrrad.

Isabella fängt daraufhin an zu zetern und anstatt
das defekte Rad vorsichtig zu verstauen, schmeißt sie
es tatsächlich zu den anderen Sachen, die hinten auf
der Ladefläche liegen.

Ich quittiere ihre gewöhnungsbedürftige Handlung zuerst mit einer fragwürdigen Miene und
danach mit einem Kopfschütteln.

*Diese Frau ist immer wieder für eine Überra-
schung gut.*

„Hörst du das?", ruft mir Isabella zu.

„Sí!", antworte ich mit tiefer Stimme und lausche
auf das knatternde Geräusch, welches wahrscheinlich von einem herannahenden Motorrad stammt.

„Erwartest du Besuch?", fragt Isabella argwöhnisch, denn wir befinden uns immer noch auf der
privaten, teils kurvenreichen Zufahrtsstraße zu meinem Familienanwesen.

„Definitiv nicht! Da hat sich bestimmt jemand ver-
fahren", sage ich. Zu meinem Verdruss kann ich die
Straße nur wenige Meter bis zur nächsten Kurve einsehen und das entfacht in mir ein mulmiges Gefühl.

„Bestimmt wieder so ein dümmlicher Tourist …",
schimpft Isabella und hält abrupt inne, denn vor uns
taucht plötzlich ein schwarzes Motorrad auf, dessen
Fahrer die farblich passende Kleidung zu seinem
Fahrzeug trägt. Sogar das Visier seines Helmes ist
schwarz, sodass es unmöglich ist, sein Gesicht zu

erkennen.

Jetzt bin auch ich perplex.

Sobald er sich auf unserer Höhe befindet, verlangsamt er seine Geschwindigkeit und sieht einen kurzen Augenblick zu uns herüber, um dann plötzlich weiter mit Vollgas in Richtung des Hauptgebäudes durchzustarten.

Heilige Maria!

„Der spinnt doch!", rufe ich und gebe Isabella mit einem Handzeichen zu verstehen, dass sie in den Pick-up einsteigen soll.

Während ich versuche, auf der schmalen Zufahrtsstraße so zügig wie möglich zu wenden – was nicht so einfach ist, weil sich an den Straßenrändern viele Bäume befinden – echauffiert sich Isabella über die Dreistigkeit des Motorradfahrers. „Ihr habt doch heute gar nicht geöffnet für Weinverkostungen, oder?"

„Dieses Wochenende definitiv nicht", knurre ich und manövriere den Pick-up in die entgegengesetzte Fahrtrichtung. Danach gebe ich Vollgas und presche die Straße zum dreistöckigen Hauptgebäude entlang, welches von hochgewachsenen Zypressen und Pinien umgeben ist.

„Siehst du ihn irgendwo?", frage ich Isabella, die angestrengt aus dem geöffneten Autofenster sieht.

„No!", schimpft sie. „Der Kerl ist nirgends zu sehen und auch nicht zu hören. Verfluchte Scheiße! Was soll das?"

„Ich kann ihn auch nicht ausmachen", murmle ich. „Doch, warte! Da ist Matteo!"

„Fährt dein Weinküfer jetzt Motorrad?", wirft

Isabella zweifelnd ein.

„Natürlich nicht! Aber er hat ihn vielleicht gesehen!"

Nachdem ich das letzte Wort ausgesprochen habe, vollziehe ich vor Matteo eine Vollbremsung. Dieser erschreckt sich dabei so sehr, dass er die Kaffeetasse, die er in der Hand hält, fallen lässt.

„Hoho …", ruft er erst und bückt sich danach, um die Scherben aufzuheben.

„Matteo! Es tut mir leid", entschuldige ich mich, während ich die Zündung vom Pick-up ausschalte und sofort aussteige.

„Du denkst auch, dass du es mit mir altem Mann machen kannst", brummt er in seinen grauen Bart.

„So alt bist du nicht", entgegne ich und gebe ihm als Entschuldigung einen flüchtigen Kuss auf die Wange.

Verlegen zieht er an seiner schwarzen Baskenmütze, die er – egal zu welcher Jahreszeit – immer trägt. Dann schmunzelt er mich schelmisch an, bevor er sagt: „Seit ich damals dich und deine Mutter aus der Klinik abgeholt habe und zum ersten Mal in den Armen halten durfte, wusste ich, dass, was auch immer du anstellen würdest, ich dir nie böse sein kann. Deshalb sei dir auch jetzt verziehen. Allerdings hätte ich schon gern den Grund für deinen rasanten Fahrstil gewusst!"

„Hast du einen schwarz gekleideten Motorradfahrer gesehen?", schreit Isabella Matteo zu, weil sie einige Meter von ihm weg steht.

Dieser scheint unser Auftreten als eine Art Scherz zu verstehen, denn er fragt mich leise: „Seid ihr nicht zu alt, um solche kindischen Dinge zu spielen?"

Bitte, was?

„Wir meinen das ernsthaft!", rechtfertige ich mich. „Es ist tatsächlich ein Mann auf einem schwarzen Motorrad in unsere Zufahrtsstraße eingebogen. Wo ist der Rest meiner Familie?"

„Vielleicht ist das der neue Verehrer deiner Großmutter?", witzelt Matteo.

„Donatella hat einen neuen …?"

„Sie hat doch immer welche …", sagt Matteo und zwinkert mir verschmitzt zu. „Aber dies ist ein anderes Thema. Um deine Frage zu beantworten: Donatella ist mit deiner Mutter und eurem Hund zum Tierarzt gefahren …"

„Stimmt! Das hatte ich ganz vergessen. Bruno hat sich an der Pfote leicht verletzt und meine Mutter hat den Umstand zum Katastrophenfall erklärt."

„Sie liebt halt diesen Hund", entgegnet Matteo und grinst spitzbübisch dabei.

„Wir sind ihm doch alle verfallen und das weiß der kleine Racker."

„Klein?", wiederholt Matteo und lacht laut auf.

Ich kann mich noch gut an den Tag im Januar erinnern, als ich das winzige Bündel von Hund frierend am Straßenrand fand. Leider ist zu befürchten, dass Bruno ein zu anstrengend gewordenes Weihnachtsgeschenk ist. Jedenfalls habe ich, ohne lange zu überlegen, das kleine Wesen mitgenommen und seitdem ist er der sanftmütige Herrscher unseres Anwesens, was er mit seiner mittlerweile stattlichen Größe und einem momentanen Gewicht von zwanzig Kilogramm deutlich zum Ausdruck bringt. Leider wissen wir bis heute nicht, welcher Rasse er zuzuordnen ist. Für mich sieht er aus wie ein fünffach mutierter Rauhaardackel.

„Aurora …", sagt Matteo mit tiefer Stimme, weil er wohl bemerkt, dass ich mit den Gedanken woanders bin, „was ist jetzt mit eurem mysteriösen Motorradfahrer? Ich habe ihn weder gehört und schon gar nicht gesehen." Sein eindringlicher Blick – gepaart mit dem verschmitzten Lächeln um die Mundwinkel – gibt mir das Gefühl, dass er mich nicht ernst nimmt.

Wie auch?

Außer dem lauten Zirpen der Singzikaden und einer schimpfenden Isabella, die jetzt neben mir steht, ist nichts weiter zu hören.

Doch! Moment!

„Hört ihr das?", rufe ich und halte Ausschau nach dem Geräusch.

„Der Motorradfahrer!", schreit Isabella. „Ich wusste, dass er sich hier noch irgendwo versteckt hat!"

Während ich überlege, ob ich ihm hinterherfahren soll, lässt Matteo die Scherben plötzlich fallen, rennt los und schwingt sich Sekunden später auf seine Vespa, die an einem nahestehenden Olivenbaum lehnt. „Ihr haltet euch zurück!", herrscht er uns mit grimmigem Gesichtsausdruck an, bevor er mit lautem Geknatter losfährt.

Indem ich noch Matteos irritierendes Verhalten zu verstehen versuche, regt sich Isabella über die wohl defekte Vespa auf. „Das Ding muss dringend in eine

Werkstatt!", zetert sie.

„Ist das jetzt ernsthaft deine einzige Sorge?", blaffe ich sie an.

„Nein! Du weißt ja immer noch nicht, warum ich eigentlich hier bin."

Stimmt und ich bin mir nicht sicher, ob ich es tatsächlich noch wissen will!

Capitolo 2

Je länger ich über Matteos plötzlichen Stimmungs-
wechsel nachdenke, umso weniger finde ich eine
plausible Erklärung dafür. Mit dieser Ungewissheit
steige ich wieder in den Pick-up, um Isabella zurück
in ihre Pasticceria zu fahren, die sich in der fünf Kilometer entfernten Kleinstadt befindet.

Das laute Zuknallen der Beifahrertür lässt mich
kurz zusammenschrecken. „Das ist kein Panzer!",
herrsche ich sie an.

„Scusami! Ich hatte noch in Erinnerung, dass die
Tür seit gefühlten zwei Jahren defekt ist!" Isabellas
ironischer Unterton ist nicht zu überhören.

„Da liegst du falsch. Ich war letzte Woche bei
Alfredo in der Werkstatt", rechtfertige ich mich und
starte das Fahrzeug.

„Das hat den alten Charmeur bestimmt fröhlich
gestimmt", stichelt sie.

„Ich falle nicht wirklich in sein Beuteschema. Er
hat es eher auf meine Mutter Cara abgesehen ...",
sage ich, wende das Auto und fahre langsam los.

Isabella kommentiert meine Aussage mit einem
undefinierbaren Ton und sieht dabei intensiv zum
Fenster hinaus.

„Suchst du nach dem Motorradfahrer?", frage ich
und erwische mich, dass ich ein wenig zynisch

19

klinge.

„Nein! Der Maler, der in den Getreidefeldern steht und die Mohnblumen zeichnet, hat es mir eher angetan …", brummt sie und wirft mir einen kurzen, vernichtenden Blick zu, bevor sie wieder zum Autofenster hinaussieht.

„Hast du ihn wieder gesehen?", will ich sofort wissen und biege schroff auf die Zufahrtsstraße ab, die in Richtung Stadt führt.

Isabella stößt sich dabei den Kopf an der Autoscheibe – zumindest deute ich das dumpfe Geräusch so und erwarte in der nächsten Sekunde, dass ich mir deshalb eine Schimpftirade anhören darf. Doch zu meiner Überraschung schweigt sie und reibt sich unauffällig an der Stirn.

„Was ist jetzt?", dränge ich.

Plötzlich dreht sie sich zu mir und faucht mich an: „Was glaubst du, warum ich in dieser verfluchten Hitze mit dem Fahrrad zu dir gefahren bin? Bestimmt nicht, weil ich dich sehen wollte!"

„Echt nicht? Ich dachte, dass ich deine beste Freundin bin", sage ich spielerisch kleinlaut.

„Wage es nicht noch einmal, meine Freundschaft zu dir in Frage zu stellen!", droht mir Isabella. „Ich brauche nämlich deine Hilfe!"

„Es geht um diesen einsamen Maler?", frage ich mit tiefer Stimme.

„Sí!", trötet sie. „Er war vorhin in meiner Pasticceria."

Auch das noch!

Innerlich schlage ich die Hände über dem Kopf zusammen und hoffe darauf, dass Amor sich wieder aus ihrem Umkreis entfernt.

„Und hat er mehr hinbekommen, als dich nur anzustarren?" Irgendwie schaffe ich es nicht, meine Ironie bei diesem Thema zu unterdrücken, denn Isabella schwärmt mir seit genau drei Wochen von ihm vor. Kennengelernt, nein, entdeckt haben sich beide in einem der zahlreichen Felder, die es hier in der Gegend gibt und die zu dieser Jahreszeit mit Mohnblumen übersät sind. Während er schweigend zwischen den roten Blumen sitzt und irgendwelche Skizzen malt, radelt Isabella – natürlich rein zufällig – durchs Feld, um genau diese Gewächse zu pflücken, die bereits verwelkt sind, sobald sie zu Hause angekommen ist. Mehr Klischee geht fast nicht.

„Nein! Aber er hat meine Pralinen probiert. Genauso wie in den Film mit Juliette Binoche und Johnny Depp", schwärmt sie.

Oh nein!

„Seit wann quietscht die Eingangstür von deiner Pasticceria?", frage ich dümmlich.

„Gar nicht! Wie kommst du darauf?", blafft mich Isabella an.

„Na, in dem Film kommt der Typ doch nur wegen der quietschenden Tür wieder zurück und nicht wegen der Schokolade …"

„Aurora! Echt jetzt? Du bist die unromantischste Frau, die ich in meinem Leben getroffen habe."

„Sí, sí", stöhne ich.

Das hat seine berechtigten Gründe.

„Jetzt erzähle schon. Hast du seinen Geschmack getroffen?"

Neugierig bin ich schon.

„No! Es war wie in dem Film und du weißt, wie dieser endet ..."

„Sí. Der gutaussehende Typ kommt zurück, um die kaputte Tür zu reparieren. Dann weißt du, was du noch zu tun hast ..."

„Aurorrrrraaaa!", ruft Isabella, wohl eher aus Verzweiflung wegen meiner unromantischen Aussage.

Ich sollte bei dem Thema Liebe besser schweigen.

Zu meiner großen Freude verläuft die restliche Autofahrt ohne weitere Komplikationen – abgesehen von Isabellas nicht enden wollender Schwärmerei für ihren Maler. Als ihre beste Freundin gehört es sich, dass sie meine volle Aufmerksamkeit hat, doch heimlich halte ich Ausschau nach dem schwarz gekleideten Motorradfahrer, der natürlich nirgendwo zu sehen ist.

„Hörst du mir eigentlich zu?", blafft sie mich von der Seite an.

„Natürlich! Du hast mir gerade alle Outfits des Malers aufgezählt, die er in der letzten Woche getragen hat", antworte ich und klinge dabei etwas genervt.

Isabella stößt darauf ein versöhnlich klingendes Grunzen aus, was hoffentlich bedeutet, dass wir das Thema bald beenden können.

„Aber heute hatte er eine hellblaue Jeans und ein weißes Leinenhemd an ..."

„Und was schlussfolgerst du daraus?"

„Er hat sich extra für den Besuch in meiner Pasticceria umgezogen ..."

Auf diese pubertäre Aussage fällt mir tatsächlich

keine Antwort ein.

Isabella hingegen redet sich weiter in Rage und überlegt lautstark: „Vielleicht sollte ich nur für ihn eine Pralinensorte kreieren …"

„Spinnst du?", blaffe ich. „Das meinst du hoffentlich nicht ernsthaft!"

„Denkst du, dass es zu übertrieben ist?"

Sie meint es ernsthaft!

„Kommt darauf an, was du damit bezwecken willst!", schnarre ich. „Solltest du vorhaben, dich vor ihm als liebeshungriges Dummchen zu outen, dann ist das eine Option."

„Boah … Aurora! Du bist mir heute zu anstrengend", stöhnt sie.

„Ich möchte doch nur, dass du auf dich aufpasst und nicht so eine Liebespleite erlebst wie ich", rechtfertige ich mich.

„Nicht jeder Mann ist ein Idiot", brummt Isabella.

Ich hoffe, dass sie tatsächlich recht hat.

***

Das vor uns erscheinende Ortseingangsschild prophezeit mir, dass ich wahrscheinlich in der nächsten halben Stunde eine von Isabella kreierte Köstlichkeit probieren darf.

Dass sie zwei der besten Pasticcerie in der Toskana besitzt, ist ihrer Zielstrebigkeit und ihrer unendlichen Kreativität zuzuschreiben. Auch wenn sie in Bezug auf die Liebe ein wenig naiv ist, so ist sie als Geschäftsfrau grandios. Ihre mittlerweile zwanzig Angestellten himmeln sie als Chefin förmlich an und sie tut alles dafür, dass sie sich in ihrem Unternehmen wohlfühlen. Dies ist, glaube ich, eines ihrer Geheimnisse, warum sie in kurzer Zeit so erfolgreich geworden ist. Besonders vor der Pasticceria in Florenz parken täglich hochpreisige Limousinen, deren Chauffeure die Bestellungen ihrer superreichen Arbeitgeber abholen und es ist nicht erst einmal passiert, dass sogenannte Prominente persönlich in Isabellas Konditorei speisen.

„Hast du eigentlich dein Parkplatzproblem lösen können?", frage ich aus meinen Gedanken heraus, denn es ist jedes Mal ein Glücksfall, wenn man nicht mehrere Runden durch die anliegenden Straßen der Kleinstadt fahren muss, um eine freie Parklücke zu finden.

„Ich bin dabei!", schnauft sie. „Sollte das Problem nicht zu meiner Zufriedenheit gelöst werden, dann kann sich dieser wohlbeleibte alte Mann eine neue Pasticceria suchen, wo er seinen Bauch füttert!"

„Du meinst den Bürgermeister?"

„Bürgermeister! Der ist eine glatte Witzfigur. Aber der denkt, weil ich eine Frau bin, braucht er mein Anliegen nicht ernst nehmen …"

„Er macht einen großen Fehler, wenn er dich zu seiner Feindin macht", sage ich und biege in die schmale Zufahrtsstraße ein, die zur Stadtmitte führt.

Zu meiner Erleichterung tummeln sich heute nicht – wie sonst – viele Touristen in den engen Gassen und es ist ein leichteres Durchkommen.

Isabella lotst mich in den verwinkelten Hinterhof ihrer Pasticceria und es ist schon ein kleines Wunder, dass ich einparke, ohne großen Schaden an Gebäuden oder Autos anzurichten. Sonst stelle ich meinen Pick-up meistens auf irgendeiner Nebenstraße ab, doch heute ist Markttag und deshalb sind einige Straßen gesperrt oder von den Händlern mit deren Ständen zugestellt.

„Ich suche dir jetzt einen schönen Tisch im Schatten aus und dann bringe ich dir ein paar neue Kreationen, die du unbedingt ausprobieren musst", sagt sie und klingt wenig kompromissbereit.

„Warum darf ich nicht wie sonst in deiner Küche essen?", will ich wissen.

„Vielleicht kommt der Maler nochmal vorbei und dann musst du mich sofort informieren", frohlockt meine Freundin.

„Ich weiß doch gar nicht, wie er genau aussieht", wende ich ein, denn ich habe ihn immer nur von Weitem gesehen.

„Du wirst ihn erkennen", sagt sie mit fester Stimme, packt nach meiner Hand und zieht mich mit sich hinein ins Haus.

Isabella hat das zweistöckige alte Gebäude vor zwei Jahren – nach zähen Verhandlungen mit dem Vorbesitzer – käuflich erworben und bewohnt selbst die obere Etage. Im gesamten Erdgeschoss befindet sich ihre Pasticceria.

Mittlerweile sind wir in der Küche angekommen und ich würde gerne ihre Angestellten persönlich begrüßen, da wir uns nach den vielen Jahren gut kennen. Doch Isabella zieht mich einfach weiter und so bleibt mir nur, ihnen mit trauriger Miene zuzuwinken. Da ihnen die Gepflogenheiten ihrer Chefin vertraut sind, fliegen mir die Luftküsse der männlichen Protagonisten nur so um die Ohren und die weiblichen Hauptdarsteller quietschen vor Freude, mich zu sehen.

Leider nimmt Isabella darauf keine Rücksicht und zerrt mich weiter durch die klimatisierte und vollbesetzte Pasticceria hinaus auf die schmale Straße, wo man in den typischen Bistromöbeln das sagenumwobene *La Dolce Vita* genießen kann. Besonders heute nehmen die Gäste die Plätze im Schatten ein, der von den großen weißen Markisen gespendet wird.

Genau unter eine von ihnen platziert mich Isabella und gibt mir mit einem eindeutigen Handzeichen zu verstehen, dass ich mich setzen und nicht bewegen soll.

Ohne Widerstand folge ich ihrer Anweisung und während sie sich mit schnellen Schritten vom Tisch entfernt, um mir bestimmt eine ihrer neuen Kreationen zu servieren, sehe ich mich verstohlen um und entdecke auf der rechten Seite neben mir ein wohl schwerverliebtes junges Pärchen, welches mit seinen Zungen schon fast eine Orgie vollführt.

Ob die in zehn Jahren auch noch so fasziniert voneinander sind? Auf diese rhetorische Frage werde ich wohl kaum eine Antwort erhalten.

Etwas irritiert sehe ich deshalb weg und wende meinen Kopf nach links und da lächelt mich ein mit dunkler Sonnenbrille, kurzen schwarzen Haaren, gepflegtem Drei-Tage-Bart und in einem schicken Anzug gekleideter Mann an.

Was will der denn?

Pikiert von seiner scheinbaren Freundlichkeit sehe

ich wieder weg und plötzlich kommt mir dieser Mann irgendwie bekannt vor.

Während ich angestrengt überlege, wer er ist, erscheint plötzlich Isabella wieder und hat mindestens fünf verschiedene Köstlichkeiten auf ihrem Tablett.

Sehe ich echt so unterernährt aus?

„Du musst alles probieren und mir dann deine ehrliche Meinung dazu sagen", fordert sie im strengen Ton.

„Aber aufessen muss ich nicht, oder?", frage ich, denn so rigoros war nicht einmal meine Mutter zu mir, als ich noch klein war.

„Schaden würde es dir jedenfalls nicht", schnarrt mich Isabella an und setzt sich neben mich.

„Guckst du mir jetzt etwa zu?", frage ich weinerlich.

„Besser ist es", antwortet sie und gibt mir mit einer Kopfbewegung zu verstehen, dass ich anfangen soll zu essen.

Da ich keine Ahnung habe, was sie wieder an neuen Kreationen gezaubert hat, fällt meine Wahl auf eine Art von Törtchen, welches mit dunkler Schokolade überzogen ist.

„Eine gute Entscheidung", raunt sie mir zu.

„Bei dir schmeckt doch fast alles", sage ich und schiebe mir ein kleines Stück von der Süßigkeit in den Mund.

Isabella starrt mich dabei so intensiv an, dass ich dabei das Kauen vergesse. Zusätzlich fühle ich mich von dem Mann, der links von mir sitzt, beobachtet. „Guckt der Typ immer noch?", grolle ich leise.

„Du meinst diesen gut aussehenden Schönling?",

gluckst sie.

„Schönling?", wiederhole ich und in meiner Stimme schwingt eine Menge Unverständnis mit.

Isabella holt bei meiner Frage tief Luft, tätschelt meine Hand und guckt provokant zum Nachbartisch, bevor sie flötet: „Der hat doch mal eine charismatische Ausstrahlung …"

„Das war klar, dass du wieder auf diese Sorte Mann abfährst …", murmle ich mit vollem Mund.

„Der Typ hat das gewisse Etwas …", schmachtet Isabella. „Aber gut …", fährt sie fort, „du bist eh ein hoffnungsloser Fall, denn du bevorzugst eher den Typ Arschloch. Aurora! Vergiss diesen Idioten aus Sizilien endlich! Er ist es nicht wert!"

Das weiß ich selbst.

Aber wenn man jemanden wirklich liebt, dann dauert es eine gewisse Zeit, bis man die Enttäuschung, dass man sich in einem Menschen geirrt hat, verarbeiten kann. Wenn ich ehrlich zu mir bin, habe ich mich seit der Trennung von Ricardo vor einem Jahr davor gedrückt und bin auch jetzt nicht bereit, mich damit auseinanderzusetzen.

Mit diesem Gedanken schiele ich wieder nach links zum Nachbartisch – warum weiß ich auch nicht – und entdecke plötzlich einen leeren Platz.

Hmm.

„Wo ist der Schönling hin?", frage ich und stoße Isabella mit dem Ellenbogen an, weil sie nicht auf meine Frage reagiert, sondern stattdessen nach rechts auf die Straße starrt.

„Pssst!", zischt sie. „Hörst du das?"

Automatisch halte ich den Atem an und ich habe

keine Ahnung, ob man dadurch wirklich besser hören kann, doch ich glaube zu wissen, was Isabella meint, denn das Geräusch eines herannahenden Motorrads wird immer lauter.

Oha!

Isabella beginnt plötzlich unter ihrer befleckten Schürze nach etwas zu suchen. „Wenn man dieses verfluchte Smartphone mal braucht, dann ist es nicht da!"

Was will sie jetzt damit?

„Dann hole deins heraus!", herrscht sie mich an.

„Das liegt irgendwo im Pick-up …", murmle ich. Meine Affinität zu diesem Teil ist mit meiner Trennung von Ricardo in Apathie umgeschlagen.

„Na toll!", knirscht Isabella und genau in diesem Moment taucht vor uns ein schwarzes Motorrad auf. Meine Intuition sagt mir sofort, dass es sich um denselben Fahrer handelt, der vorhin auf dem Grundstück meiner Familie war.

Was will er verdammt noch mal?

Gebannt sehe ich ihm entgegen und sobald er sich mit seinem Motorrad auf unserer Höhe befindet, bremst er erneut stark ab, sieht bewusst zu uns rüber und gibt dann wieder Gas, um mit überhöhter Geschwindigkeit davonzufahren.

„Hast du ein Nummernschild gesehen?", herrsche ich Isabella in meiner Aufregung an.

„Da war keins …", antwortet sie mit monotoner Stimme. „Beim nächsten Mal müssen wir den Kerl unbedingt filmen!"

„Deshalb deine Frage nach dem Smartphone", sage ich und nun ergibt es auch einen Sinn für mich.

Darauf hätte ich auch selbst kommen können. „Bist du auch so irritiert?", frage ich zögerlich.

„Irritiert?", ruft Isabella. „Das trifft es nicht annähernd. Der Typ geht mir richtig auf die Nerven!", motzt sie, steht daraufhin auf, schiebt unwirsch einen Stuhl zur Seite und schreckt damit das Liebespaar am Nachbartisch auf. So verwirrt, wie die beiden nun Isabella ansehen, erübrigt sich auch die große Frage, ob sie den mysteriösen Motorradfahrer bemerkt haben. Allerdings werde ich, sobald ich wieder zu Hause bin, Matteo zu einem Vier-Augen-Gespräch bitten, denn ich bin mir ziemlich sicher, dass er nicht so unwissend ist, wie er sich gibt.

„Aurora! Sieh dir das an!", ruft Isabella lautstark und hält einen Fünfzigeuroschein in der Hand. „Das nenne ich ein großzügiges Trinkgeld."

„Ist das von diesem Schönling?"

„Sí!", antwortet sie und räumt mit einem breiten Grinsen das Geschirr von ihm ab. Auffällig ist, dass er kaum etwas gegessen und trotzdem so ein hohes Trinkgeld hinterlassen hat.

Steht sein plötzliches Verschwinden etwa im Zusammenhang mit dem Motorradfahrer?

Capitolo 3

Nach der erneuten Begegnung mit dem schwarz gekleideten Motorradfahrer war mir der Appetit auf Isabellas süße Köstlichkeiten vergangen. Nicht, weil sie so schlecht schmeckten – genau das Gegenteil war der Fall –, sondern weil mich dieses seltsame mulmige Gefühl umgab. Deshalb kostete ich nur von jeder Kreation, um Isabella wenigstens eine brauchbare Bewertung abgeben zu können. Danach verabschiedete ich mich von ihr, erledigte noch meine Besorgungen und befinde mich nun auf dem Weg nach Hause.

Sobald ich an den Mohnblumenfeldern vorbeifahre, muss ich automatisch an Isabellas Maler denken und halte tatsächlich Ausschau nach ihm. Wirklich lange brauche ich nicht zu suchen, denn er ist der einzige Mensch, der bei dieser Hitze mitten zwischen den Mohnblumen mit einer Staffelei steht.

Er kann nur verrückt sein, zumindest ein bisschen.

Um das herauszufinden, verspüre ich plötzlich das Bedürfnis, ihn näher kennenlernen zu müssen und außerdem möchte ich Isabella vor einer Liebespleite bewahren. Deshalb parke ich bei der nächstbesten Gelegenheit den Pick-up und stakse bereits wenige Minuten später durch eines der Felder. Je näher ich dem Maler komme, umso törichter finde ich mein Verhalten und wende mich peinlich berührt wieder ab. Genau in diesem Moment ruft jemand hinter mir: „Signora?"

Verdammt!

Da sich weit und breit niemand anders in der Nähe befindet, kann er nur mich meinen.

Mit einem aufgesetzten freundlichen Lächeln drehe ich mich um und winke ihm verhalten zu.

„Sie dürfen gerne näherkommen", lädt er mich ein.

„Mi scusi, ich wollte Sie nicht stören", sage ich und pirsche mich so geschickt wie möglich durch das dicht bewachsene Feld zu ihm hin. Als ich einen Moment später vor ihm stehe, muss ich nach oben blicken, um in sein hübsches Gesicht – welches mit Farbspritzern verziert ist – sehen zu können. Allerdings stört mich weder seine Größe noch die Klekse im Gesicht, sondern sein extrem junges Aussehen.

Er ist doch hoffentlich schon volljährig?

„Signora?", sagt er erneut und holt mich damit aus meinen Überlegungen. „Was kann ich für Sie tun?"

„Ähm …", stammle ich und grinse dabei dümmlich, „meine Freundin Isabella …"

„Sie meinen diese wunderschöne Frau aus der Pasticceria? Ich bin ihr heute zum ersten Mal persönlich begegnet und sie ist so bezaubernd …" Während er das sagt, fährt er sich verlegen mit der farbbekleksten rechten Hand durch seine dunklen lockigen Haare. Zusätzlich leuchten seine braunen Augen und um seine Mundwinkel entdecke ich ein verschämtes Schmunzeln.

Ach, herrje.

Isabellas Schwärmerei scheint nicht einseitig zu sein.

„Oh, entschuldigen Sie, Signora, ich habe Sie einfach unterbrochen …"

„Sagen Sie Aurora zu mir …", bitte ich ihn.

„Sehr gern …", antwortet er mit einem breiten Grinsen im Gesicht. „Ich bin Giulio."

Schön.

„Und was machst du hier? Ich meine, außer in der Hitze Mohnblumen malen?", frage ich und schiele dabei verstohlen auf seine Staffelei. Zu meiner großen Überraschung entdecke ich anstatt einer üppigen Pflanzenmalerei ein Frauenbildnis, welches verdächtig Isabella ähnelt.

Das muss er mir erklären.

„Verzeihung …, eine Frage habe ich. Wieso stehst du mitten in einem Feld voller Mohnblumen, wenn du gar nicht dieses Gewächs malst?"

Giulio wirft mir daraufhin einen verträumten Blick zu und erklärt mir in einer schwärmerischen Tonlage: „Dieses intensive Rot inspiriert mich …"

Ach.

Da möchte ich nicht wissen, was er malt, wenn er in einem Feld voller Hanfpflanzen steht.

„Weiß Isabella davon? Also, ich meine, ob sie …"

„No!", unterbricht er mich ungehalten. „Das soll eine Überraschung für sie sein. Bitte verrate mich nicht", fleht er förmlich.

„Ich werde schweigen", sage ich und hebe dabei verschwörerisch meine rechte Hand.

Das kann was werden.

Isabella will nur für ihn eine Pralinensorte

kreieren und er malt sie in träumerischer Stimmung auf Leinwand.

Das ist definitiv zu viel Romantik für mich. Ich muss das Thema wechseln.

„Was tust du eigentlich, wenn du keine fremden Frauen malst?", frage ich und hoffe auf eine weniger schwärmerischere Antwort.

„Ich studiere Kunst in Rom!"

So eine prompte Antwort hatte ich jetzt nicht erwartet, deshalb nicke ich nur anerkennend, obwohl ich eigentlich ein Problem damit habe.

Ein Student. Nicht doch!

Plötzlich sehe ich vor meinem geistigen Auge Isabella auf so einer schmierigen Couch in einer Studenten-WG sitzen.

„Ich befinde mich in der glücklichen Situation," fährt er fort und holt mich somit aus meiner Wahnvorstellung, „dass ich mir meinen Traum erfüllen kann."

„Und der wäre?", knirsche ich.

„Hmm … das ist eine längere Geschichte …", druckst er herum.

Auch das noch.

Eigentlich hätte ich ihm jetzt antworten müssen, dass ich schon noch etwas Zeit habe. Doch bei dieser Hitze – ich spüre, wie mir die Schweißtropfen den Rücken runterlaufen – akzeptiere ich vorerst seine Aussage und verabschiede mich mit einer lapidaren Ausrede. Außerdem komme ich mir immer noch total aufdringlich vor und zusätzlich bin ich mir nicht sicher, ob Isabella mein Treiben hier gut finden wird.

Trotzdem bin ich noch nicht fertig mit ihm.

***

Als ich kurze Zeit später den Pick-up in dem alten Nebengebäude des Weingutes abstelle, welches wir als Garage nutzen, ist es schon spät am Nachmittag. So lange wollte ich definitiv nicht unterwegs sein, doch heute ist so ein Tag, wo alles anders läuft als geplant. Bevor ich mit Matteos Hilfe die getätigten Einkäufe ablade und verstaue, interessiert mich zuerst, wie es Bruno beim Tierarzt ergangen ist.

Mit diesem Gedanken laufe ich zügig in Richtung des Hauptgebäudes und bin nur wenige Meter vom Eingang entfernt, als daraus eine schwarze, fauchende Streunerkatze gerannt kommt.

Huch. Jetzt habe ich mich kurz erschreckt.

Die fast zeitgleichen hysterischen Schreie meiner Mutter, die den Namen des Mutanten in Dauerschleife ruft, lassen mich erahnen, wer in der nächsten Sekunde der fliehenden Katze folgt.

Bruno.

Nur mit Mühe und einer scharfen Linkskurve schafft er es, mich nicht umzurennen und folgt danach laut bellend dem vermeintlichen Opfer.

Jetzt bin ich mir nicht sicher, ob ich die Katze oder Bruno bedauern soll.

„Warum hast du ihn nicht festgehalten?", herrscht mich meine Mutter an, die plötzlich vor mir steht.

„Wo kommst du denn her?", frage ich und sehe sie irritiert an.

„Aus dem Maulwurfshügel, auf dem du gerade stehst", patzt sie mich an.

Was für ein Blödsinn.

Trotzdem sehe ich nach unten und natürlich ist dort keine Anhäufung von Erde, sondern so eine Art Pflastersteine, die wahrscheinlich mein Urgroßvater verlegen ließ.

„Bruno soll seine Pfote schonen!", fährt meine Mutter im strengen Ton fort.

„Du musst ihm auch Futter geben. Dann braucht er keine Katze jagen", blaffe ich.

„Ah, Signora ist schlecht gelaunt", brummt meine Mutter und pustet sich eine von mehreren braunen Haarsträhnen aus dem Gesicht, die sich weigern, in dem Knoten am Hinterkopf zu bleiben.

„Genervt trifft es besser. Im Moment geht doch einfach alles schief ...", schniefe ich.

„Wir werden unsere Probleme zusammen lösen. Du musst das nicht alleine durchstehen", flüstert sie und umarmt mich dabei fest.

„Wenn es dieses Jahr eine schlechte Weinernte gibt, dann ..."

„Werden wir auch eine Lösung finden", unterbricht sie mich, nimmt meinen Kopf in ihre Hände und sieht mich mit einem glücklichen Lächeln an.

Wieso ist sie immer so zuversichtlich?

„Ich habe das Gefühl, dass ich hier eher alles kaputtmache als die Tradition weiterzuführen ...", sage ich weinerlich und sehe meine Mutter intensiv an. Sie ist nicht nur eine sehr schöne und elegante Frau, sondern sie weiß genau, was sie will und dafür kämpft sie. Dagegen ist meine Großmutter die unangefochtene Grand Dame der Martinelli-Frauen und gleichzeitig ist sie ein Kapitel für sich.

„Ich kann dieses Wort *Tradition* schon nicht mehr hören", schimpft meine Mutter plötzlich los und tritt dabei zwei Schritte zurück, als wollte sie Abstand von mir nehmen.

Wie jetzt?

„Ich denke die ganze Zeit, dass dir das hier alles wichtig ist ...", echauffiere ich mich und fuchtle zusätzlich wild mit meinen Armen herum.

„No, Aurora. Und glaube mir ... ich wollte nicht, dass du aus Mailand zurückkehrst, um hier die Tradition zu retten. Alles was ich will, ist, dass du glücklich bist ..."

„Bin ich doch!", sage ich trotzig.

Als Antwort schenkt mir meine Mutter einen wehleidigen Blick. Dann wendet sie sich von mir ab und murmelt dabei: „Genauso stelle ich mir eine glückliche junge Frau vor."

Autsch.

Die letzten Worte meiner Mutter haben ihre Wirkung nicht verfehlt und leider hat sie recht, was ich nur ungern zugebe.

Als ich mich nach meinem Schulabschluss entscheiden musste, wo meine berufliche Zukunft liegt, war sie es, die mich drängte, meinen eigenen Weg zu gehen. Nach langen Überlegungen entschied ich mich für ein Studium der Betriebswirtschaft und ging dafür nach Mailand. Dort lernte ich an der Universität meinen späteren Mann Fabrizio – jetzt Ex-Mann – kennen und während ich von einer kleinen Familie träumte, wollte er unbedingt das Unternehmen seiner Eltern vergrößern, die in Mailand drei rentable Boutiquen für Luxusmode besitzen. Dafür brauchte er mich, denn ich arbeitete nach Abschluss meines Studiums eng mit seiner Mutter zusammen, die wirklich eine tolle Frau war. Allerdings zog ich jedes Jahr zur Weinernte mehrere Monate zu meiner Familie in die Toskana, um dort zu helfen. Leider missfiel das Fabrizio von Jahr zu Jahr mehr. Zusätzlich machte uns mein unerfüllter Kinderwunsch zu schaffen und deshalb war eine Trennung unausweichlich.

Ich verließ Mailand nur ungern, aber weiter für Fabrizio zu arbeiten, kam für mich nicht infrage. Zurück auf dem Weingut meiner Familie konnte ich meine Tränen trocknen. Das ist jetzt vier Jahre her.

Wie das Schicksal es so wollte, lernte ich ein Jahr später bei einer Weinverkostung den smarten, aus Sizilien stammenden Ricardo nicht nur kennen, sondern verliebte mich fürchterlich in ihn. Er wollte unbedingt Kinder mit mir und auch ein Leben in der Toskana. Endlich schien mein Traum in Erfüllung zu gehen, wenn er nicht schon eine Ehefrau in Sizilien gehabt hätte.

Diese Trennung versetzte mir einen herben Nackenschlag, wovon ich mich nur mühselig erhole. Doch irgendwann muss ich die Vergangenheit ruhen lassen und wieder nach vorn sehen.

Auf was will ich denn noch warten?

Capitolo 4

In der Eingangshalle des Hauptgebäudes ist es angenehm kühl und während ich über die alten, teilweise
gesprungenen, terracottafarbenen Fliesen laufe,
überlege ich, wie ich Matteo zu einem Vier-Augen-
Gespräch zwingen kann, denn der schwarz gekleidete Motorradfahrer spukt weiterhin in meinen
Gedanken herum. Ein kurzer Blick auf die alte
Standuhr – die nach Überlieferung meiner Großmutter ein Hochzeitsgeschenk meiner Urgroßeltern ist –
sagt mir, dass ich Donatella im Wohnzimmer finden
werde, denn für sie gibt es nachmittags im Fernsehen
nichts Wichtigeres als diese Seifenoper über eine
Adelsfamilie, die Anfang des 20. Jahrhunderts spielt.
Matteo leistet ihr oft – rein zufällig – Gesellschaft
und vielleicht ist es heute auch so.

Tatsächlich sitzt die kleine zierliche Frau in ihrem
großen Ohrensessel und ich weiß, dass, wenn ich sie
jetzt anspreche, ich keine nette Antwort von ihr bekommen werde.

Ich riskiere es trotzdem.

„Großmutter …", flöte ich in den höchsten Tönen.
Weiter komme ich nicht.

„Nenn mich nicht so! Ich habe einen Namen und
der ist nicht Großmutter, … sondern Donatella",
blafft sie mit ihrer rauen Stimme, ohne dabei den
Blick in meine Richtung zu wenden.

„Das weiß ich!", blaffe ich zurück. „Doch jedes andere Kind darf Großmutter sagen, nur ich nicht!"

„Du bist ja auch etwas Besonderes", erhalte ich zur Antwort. „Also, was willst du?"

Echt jetzt?

„Ich wollte nur nachhören, was der Tierarzt wegen Brunos Pfote gesagt hat", lüge ich, denn so schlimm kann seine Verletzung nicht sein, da ich ihn gerade beim Jagen nach der schwarzen Streunerkatze gesehen habe.

„Frag deine Mutter!", sagt Donatella, schüttelt dabei den Kopf, sodass ihre grauen kurzen Locken einen wilden Tanz vollführen und greift daraufhin nach ihrem obligatorischen Glas Rotwein, das zu dieser Zeit ihr ständiger Begleiter ist.

Grrr. Ich habe heute keine Nerven für diese kleine außergewöhnliche Frau.

„Ich muss dringend mit Matteo reden", beginne ich, denn er ist mein eigentliches Ziel. „Weißt du, wo ich ihn finde?"

„Ist etwas passiert?", will Donatella wissen und steht plötzlich auf, obwohl ihr geliebtes Fernsehprogramm noch nicht zu Ende ist. Ihren ernsten Blick in meine Richtung weiß ich nicht richtig zu deuten. Deshalb sage ich ausweichend: „Ich werde ihn suchen."

Bevor Donatella zu einer Reaktion fähig ist, habe ich das Wohnzimmer schon fluchtartig verlassen und laufe dabei im Flur prompt Matteo in die Arme.

„Da bist du ja!", rufe ich. „Hast du den schwarz gekleideten Motorradfahrer noch erwischt?", platze ich sofort heraus.

„Ich … ähm … ach so … nein, der war schon weg", stottert Matteo und scheint von meiner Forschheit überrascht zu sein. „Vor wem läufst du davon?", lenkt er ab.

„Donatella!", brumme ich und betrachte Matteo argwöhnisch. „Weichst du mir etwa aus?"

„Wie kommst du denn darauf?", empört er sich.

„Gibt es ein Problem?", höre ich plötzlich meine Mutter fragen, die wie aus dem Nichts neben uns steht. Matteo sieht sie genauso ungläubig an wie ich und so langsam wird mir diese Frau unheimlich.

„Du stalkst mich aber nicht, oder?", flüstere ich ihr zu.

„Aurora, du kannst ruhig laut reden", sagt meine Mutter. „Donatella hört nicht mehr so gut und außerdem schmachtet sie gerade ihren Graf im Fernsehen an. Du hast sie hoffentlich dabei nicht gestört?", bemerkt meine Mutter und sieht mich eindringlich an.

„No!", presse ich sofort hervor. „Würde ich sonst noch leben?"

Matteo und meine Mutter sehen sich kurz an und scheinen danach ernsthaft zu überlegen, ob sie lachen sollen, als plötzlich Donatella auftaucht und meinem Weinküfer auf die linke Schulter tippt.

Als dieser sich mit erstarrtem Gesichtsausdruck ihr zuwendet, stellt sich die kleine Frau auf die Zehenspitzen und trötet: „Für heute Abend ist doch alles vorbereitet, oder?"

Daraufhin zupft Matteo verlegen an seiner Baskenmütze und säuselt unterwürfig: „Sí, Signora. Ich habe unseren besten Wein bereitgestellt."

„Den besten …?", echauffiert sich Donatella. „Für

diese Sizilianer opfern wir doch nicht unsere Heilig-
tümer."

Moment!

Hat sie Sizilianer gesagt?

„Donatella ...", würge ich hervor, „was redest du
da?"

„Deine Mutter hat es dir noch nicht erzählt?",
krächzt sie und schenkt mir einen Blick, der pures
Mitleid signalisiert.

„No ...", antworte ich gequält, denn bei dem Wort
Sizilianer spüre ich, wie es mir die Kehle zuschnürt.
Zeitgleich schiebt sich vor mein geistiges Auge das
Gesicht von Ricardo und nun droht mir zu meiner
einsetzenden Schnappatmung ein Ohnmachtsanfall.

Meiner Mutter scheint mein desolater Zustand
aufgefallen zu sein, zumindest nehme ich das an,
weil sie mich am Arm packt und irgendetwas von
frischer Luft murmelt.

Geistesabwesend folge ich ihr, aber mir entgeht
nicht die bissige Bemerkung von Donatella: „Die
jungen Dinger von heute halten auch nichts mehr
aus."

„Großmutter! Ich kann dich hören!", sage ich mit
giftigem Unterton, stolpere dabei über die kleine
Stufe der Eingangstür und werde von einer erbar-
mungslosen Hitze empfangen. Als würde das nicht
schon genug sein, fühlt sich das laute Zirpen der
Singzikaden wie Hohngelächter an.

„Das ist heute nicht mein Tag!", schimpfe ich laut.
„Mit dem schwarz gekleideten Motorradfahrer be-
gann das Unglück und was weiß ich, mit welcher
Überraschung der Tag noch endet!"

„Motorradfahrer?", wiederholt meine Mutter und während sie mich fragend ansieht, fächert sie mir mit ihrer rechten Hand frische Luft zu.

„Sí … der Typ war erst hier auf dem Anwesen und dann ist er plötzlich bei Isabellas Pasticceria im Nachbarort aufgetaucht …"

„Bitte was?", regt sich meine Mutter auf und gleichzeitig erliegt ihre rechte Hand der Erdanziehungskraft. „Bist du dir sicher?", fragt sie ungläubig nach.

„Natürlich! Er kam mir vor wie einer von den vier apokalyptischen Reitern. Obwohl seine Augen vom Visier des schwarzen Helms verdeckt waren, konnte ich förmlich seinen Blick auf mir spüren."

„Das ist nicht gut …", murmelt meine Mutter, wendet sich ab und läuft wieder in Richtung des Haupthauses. Dabei ruft sie laut den Namen meiner Großmutter und mir fällt auf, dass der Tonfall nicht gerade freundlich ist.

Tatsächlich erscheint nur wenige Sekunden später Donatella in der Eingangstür und gerade, als sie etwas sagen will, schiebt meine Mutter sie hinein in das Foyer.

Verdammt! Was verheimlichen mir die beiden?

Mein Unterbewusstsein rät mir, meiner Mutter zu folgen, und sobald ich im Foyer ankomme, werde ich Zeuge einer lauten Diskussion zwischen Matteo und den beiden Frauen, deren Inhalt ich nicht nachvollziehen kann.

„Würdet ihr die Güte besitzen, mir zu erklären, was euer Problem ist?", fordere ich.

„Diese Aufmüpfigkeit hat sie von dir", krächzt

Donatella und dabei schenkt sie meiner Mutter einen strengen Blick.

„Und ich habe sie von dir!", kontert meine Mutter und hält Donatellas Blick stand.

Echt jetzt?

„Soll ich euch die Degen reichen?" Meine Ironie ist nicht zu überhören.

Doch weder meine Mutter noch Donatella zeigen auf meine Frage eine Reaktion, anders als Matteo: „Ich habe noch etwas im Weinkeller zu erledigen", murmelt er und scheint sich davonschleichen zu wollen.

„Du bleibst hier!", schnarrt meine Mutter sofort und Donatella packt ihn am rechten Arm. Dann krächzt sie: „Einer für alle und alle für einen!"

Ernsthaft?

„Also doch die Degen ...", blaffe ich, weil ich keine Geduld mehr habe für dieses theatralische Gehabe.

„Es ist nicht meine Aufgabe, Aurora zu erklären, welche Vereinbarung getroffen wurde", verteidigt sich Matteo.

„Du findest sie ...", versucht meine Mutter festzuhalten und wird aber von Matteo mit den Worten unterbrochen: „Dumm! Idiotisch und eine Zumutung!"

„Euch ist schon klar, dass ich genau in eurer Mitte stehe und alles hören kann?", gifte ich.

„Natürlich ...", druckst Matteo und entwindet sich aus Donatellas Griff, bevor er weiterspricht. „Was dir deine Mutter und Großmutter eigentlich erklären wollen, ist, dass es einen Interessenten gibt, der sich unter bestimmten Umständen in euer Weingut einkaufen würde …"

Bitte was?

„Matteo! Das ist jetzt ein Scherz, oder?", frage ich und drohe dabei meine Fassung zu verlieren.

„No!", sagt meine Mutter und greift nach meiner Hand. „Aurora. Es scheint ein seriöses Angebot zu sein und wir sollten es uns heute Abend zusammen anhören."

Heute!

„Und seit wann wisst ihr davon?", knirsche ich.

„Noch … nicht … lange …", stottert Matteo schon wieder und versucht, so teilnahmslos wie möglich zu klingen. Donatella pflichtet ihm verschwörerisch bei und meine Mutter setzt ihr optimistischstes Lächeln auf.

Schon klar.

„Einer für alle und alle für einen!", rufe ich mit viel Sarkasmus in der Stimme. „Veralbern kann ich mich selbst."

Mit diesen Worten drehe ich mich um und nachdem ich ein paar Schritte gelaufen bin, murmle ich vor mich hin: „Ich gehe jetzt in meine Wohnung und ziehe mich um, damit ich heute Abend ansprechend aussehe, wenn ihr das Weingut verhökert."

***

Es ist kaum zu beschreiben, wie viel Groll ich besonders auf meine Familie in mir hege. Trotzdem zermartere ich mir meinen Kopf, warum sie mir so misstrauen und ohne mich mit einem Investor verhandelt haben, obwohl ich die Geschäftsführerin des Familienunternehmens bin.

Ich muss mit Isabella reden!

Während ich mein Smartphone sowie meine Geldbörse aus meiner Gürteltasche hole und auf die kleine Kommode im Ankleidezimmer lege, beginne ich meinen Plan zu verwerfen, denn dann müsste ich ihr von meiner Begegnung mit dem Maler berichten. Da ich keine Ahnung habe, ob sie mich für meine spontane Idee – ihn auf dem Mohnblumenfeld zu stalken – lieben oder hassen wird, unterlasse ich besser das Telefonat und widme mich erst einmal einer intensiven Körperpflege.

Ich habe keine Ahnung, wie viel Zeit ich dafür verwendet habe, als es plötzlich zaghaft an meiner Badtür klopft.

Wer ist das denn?

Da ich selten die Wohnungstür abschließe und die Eingangstür des Hauptgebäudes ebenfalls offen steht, kann es theoretisch jeder sein. Allerdings muss er zuvor an Donatella vorbei, die einige Zimmer im Erdgeschoss bewohnt und später an meiner Mutter, die eine abgeschlossene Wohnung in der ersten Etage hat.

„Aurora?", ruft jemand leise und ich muss nicht lange raten, wer das sein könnte.

„Mama!", sage ich barsch, denn mein Groll ist auch mit einem erfrischten Körpergefühl nicht verflogen.

Im Spiegel sehe ich, wie die Tür langsam aufgeht und meine Mutter durch einen schmalen Spalt lugt.

„Komm rein!", sage ich und drehe mich zu ihr um.

„Nur, dass du es weißt, mein Vertrauen in dich ist in der letzten Stunde mächtig gesunken."

„Ich weiß und verstehe dich auch", wispert sie und sieht mich dabei traurig an.

„Wieso hast du mir denn nichts von diesem Investor erzählt? Wer ist er überhaupt?", frage ich sie vorwurfsvoll.

„Das Angebot habe ich überraschend erhalten, während ich mit Donatella und Bruno beim Tierarzt saß …", flüstert sie und kneift dabei die Augen zusammen.

Ich ahne nichts Gutes.

„Will er etwa in den Weinhandel einsteigen?", frage ich ungläubig.

„Der Tierarzt? Das fehlte mir noch …"

„Wer ist es dann?", bohre ich weiter.

„Kannst du dich noch an diese äußerst großzügige Einladung von Signore Francesco Conti auf dieses pompöse Weingut in Sizilien erinnern, wo wir letzten Sommer waren?"

„Vage …", brumme ich, denn ich bin eigentlich meiner Mutter zuliebe mitgeflogen und verdanke es nur mehreren Flaschen Rotwein und mindestens tausend Taschentüchern, dass ich überhaupt in der Lage war, in Sizilien wieder aus dem Flugzeug zu steigen, weil ich genau eine Woche zuvor erfahren hatte, dass meine große Liebe Ricardo bereits verheiratet ist. Dass er ebenfalls in Sizilien ansässig war, erschwerte damals meinen desolaten Zustand enorm. Bis heute habe ich keine Ahnung, wie ich diese zwei Tage überstanden habe und wenn ich ehrlich bin, kann ich mich kaum noch an etwas erinnern, weil ich damals den Rotwein zu meiner neuen Muse auserkoren hatte.

Stopp!

„Mama, wie war das mit Signore Conti und dir? Du bist mir noch eine Erklärung schuldig, denn immerhin habt ihr euch zum Abschied innig geküsst und wir sind sogar mit seinem Privatflugzeug zurück nach Florenz geflogen …"

„Das erzähle ich dir später … aber ja, es gab nicht nur diesen einen Kuss …", gibt meine Mutter zu und schmunzelt dabei. Dass ihre Wangen dabei eine zarte Röte annehmen, kann nur ich sehen. Als sie mir aber einen kurzen Moment später gesteht, dass der Investor, der sich für unser Weingut interessiert, genau dieser Signore Conti ist, habe ich plötzlich ein ungutes Gefühl. „Seit wann hast du denn wieder Kontakt zu ihm?", will ich wissen.

„Francesco hat mich gestern angerufen und wir haben uns spontan in Florenz in einem kleinen Café getroffen. Angeblich hat er in der letzten Zeit oft an mich denken müssen und nun, da er in der Gegend war, wollte er die Chance, mich wiederzutreffen, nicht verstreichen lassen …"

Grrr.

„Den Blödsinn glaubst du hoffentlich nicht?", mahne ich und mustere meine Mutter eindringlich. Zu meinem Entsetzen gibt sie mir keine Antwort darauf und zusätzlich verstärkt sich die rosa Farbe auf ihren Wangen. „Du bist doch nicht etwa in diesen Mann verliebt?", blaffe ich sie an.

„Ich mag ihn halt", flüstert sie und blickt schüchtern zu Boden, als wäre sie noch ein Teenager.

Das fehlt mir gerade noch!

„Mama! Du kannst aber noch rationale Entscheidungen treffen, oder?"

„Natürlich! Trotzdem muss ich zugeben, dass dieser Mann einen umwerfenden Charme hat ..."

Sie ist tatsächlich verliebt!

Wenn ich mich doch bloß noch an diesen Charmeur Francesco erinnern könnte! Die Menge an Rotwein war damals definitiv zu viel.

Moment!

„Sag mal, Mama, hat dein Francesco einen Sohn?"

„Sí. Erinnerst du dich doch noch an ihn? Er heißt Vincenzo und war so aufmerksam zu dir, weil du doch so traurig warst", schwärmt meine Mutter.

Ich ahne etwas.

„Ist er auch hier?", will ich wissen und jetzt bin ich es, der die Röte ins Gesicht steigt. Allerdings nicht, weil ich verliebt bin, sondern weil ich glaube, ihn heute gesehen zu haben.

„Ich denke schon, weil er begleitet seinen Vater meist auf Reisen ..."

Verflucht!

Dann weiß ich auch, wer der Gast in Isabellas Pasticceria war, der ihr so ein üppiges Trinkgeld hinterlassen hat.

Vincenzo.

Ich habe ihn nur nicht direkt wiedererkannt, weil er damals längere Haare hatte.

Und ich dachte, viel schlimmer kann mein heutiger Tag nicht werden. Karma, ich hasse dich.

Wie soll ich diesem Mann entgegentreten, wenn ich nicht einmal mehr weiß, ob in der besagten Nacht auf Sizilien etwas zwischen uns passiert ist? Alles, was ich noch in Erinnerung habe, ist, dass ich nur mit meiner schwarzen Unterwäsche bekleidet in seinem Bett aufgewacht bin. Ob er sich gentlemanlike frühmorgens davongeschlichen hat oder mich einfach nicht wiedersehen wollte, ist *die* spannende Frage.

Will ich die Antwort wissen?

Ich glaube nicht!

Nachdem mir meine Mutter beim Föhnen meiner langen Haare behilflich war – wobei wir der Thematik der Familie Conti vorerst keine Gedanken schenkten –, plagt mich jetzt wieder die Neugier und die Ungewissheit.

„Erzähle mir etwas über diesen Vincenzo", fordere ich meine Mutter auf, während ich ratlos vor meinem Kleiderschrank stehe und mir die weltweit verbreitete Frage stelle: *Was ziehe ich an?*

„Ach … der ist wirklich nett …", weicht mir meine Mutter aus.

Da stimmt doch was nicht!

„Nett ist die einzige Beschreibung, die dir einfällt?", motze ich.

„Na, so gut kenne ich ihn jetzt auch nicht …"

„Mama, du verschweigst mir etwas!"

Anstatt mir eine Antwort zu geben, empfiehlt sie mir, das hellblaue lange Sommerkleid mit den Spaghettiträgern anzuziehen. „Du siehst darin einfach bezaubernd aus."

„Ich dachte eher an einen Kartoffelsack", murre ich, denn das Kleid habe ich seit der Trennung von Ricardo nie mehr getragen, weil er es auch so toll fand. „Wie viel Zeit bleibt mir noch bis zum

Kennenlernen von deinem Francesco und seinem Sohn?", frage ich und bei diesem Gedanken läuft mir ein kalter Schauer über den Rücken.

„Du solltest dich beeilen", sagt sie und zuckt dabei reumütig die Schultern.

Das war nicht die Antwort auf meine Frage.

***

Bereits eine Stunde später herrscht das totale Chaos auf unserem Weingut. Nur Bruno ist die Ruhe selbst und liegt wie selbstverständlich in der Küche, wo Matteos Frau Maria sich bereit erklärt hat, das Abendessen zuzubereiten.

„Mit was hat dich meine Mutter geködert, damit du uns mit deiner hohen Kochkunst beehrst?", begrüße ich sie und gebe ihr einen Kuss auf die Wange.

„Ach, meine liebe Aurora, das mache ich sehr gerne für euch", sagt Maria und klingt dabei sehr wehleidig. So kenne ich sie nicht, denn sie ist sonst eine wahre Frohnatur.

„Ist alles in Ordnung bei dir?", frage ich deshalb und statt einer Antwort flüstert mir Maria ins Ohr: „Du siehst heute wieder so schön wie früher aus …"

„Leider fühle ich mich nicht so", antworte ich ihr.

„Es wird alles gut. Glaube mir, Aurora", sagt sie und ihre Stimmlage hat einen verschwörerischen Unterton.

„Anscheinend bin ich das einzig ahnungslose Wesen, was auf diesem Weingut lebt, dass von den Vorgängen um mich herum nichts mitbekommen hat", murre ich.

„Vielleicht ist es nur zu deinem Schutz", flüstert sie und bedeckt mich mit einem mitleidigen Blick.

„Sind unsere sizilianischen Gäste echt so unausstehlich?", frage ich.

Maria bleibt mir auch diese Antwort schuldig und bittet mich stattdessen, die bereits fertiggestellten Speisen zu inspizieren, die aussehen, als wären sie aus einem Gourmet-Restaurant. „So gut haben wir schon lange nicht mehr gegessen. Du bist die beste Köchin, die ich kenne", lobe ich sie und das meine ich auch so, obwohl ich lieber mit ihr über die ankommenden Gäste gesprochen hätte, denn ich habe das Gefühl, dass sie mehr weiß, als sie zugibt.

„Das könnte ihr so passen", krächzt es plötzlich hinter mir. „Ich habe ihr erst das Kochen beigebracht."

Donatella.

„Das erwähnst du bei jeder Gelegenheit", sage ich und drehe mich dabei um. „Ohhh! Sind deine Lockenwickler explodiert?", bemerke ich bissig, denn Donatella hat so viele Locken auf dem Kopf, dass sie einem Pudel Konkurrenz machen könnte.

„Du hast doch keine Ahnung", zetert sie und zupft dann verlegen an ihrem geblümten Kleid herum, was sie eigentlich nur bei besonderen Anlässen trägt. Außerdem hat sie mehr Rouge aufgetragen als sonst und ihr tiefroter Lippenstift vervollständigt ihr glamouröses Aussehen.

„Du hast aber nicht vor, den Großvater aus der Familie Conti zu verführen, oder?", frage ich vorsichtshalber, bevor ich noch eine Überraschung erlebe.

„Als würde ich solche alten Männer bevorzugen", blafft sie mich an. Dann fügt sie spitzbübisch hinzu: „Ich sehe mir mal diesen Vincenzo näher an. Ich glaube, ... der könnte mir gefallen ..."

Wie jetzt?

„Du kennst ihn?" Donatella war doch letztes Jahr gar nicht dabei, als wir nach Sizilien geflogen sind.

„Ich werde ihn prüfen", antwortet sie ausweichend und sieht mich zuerst mit einem verschmitzten Lächeln an, bevor sie mit einer verschwörerischen Gestik ihren rechten Zeigefinger für einen kurzen Moment auf ihre roten Lippen legt, um mir zu deuten, dass ich nichts verraten soll.

Jetzt neige ich tatsächlich dazu, ein bisschen Mitleid für diesen armen Kerl zu hegen.

„Diesen Francesco musst du aber auch prüfen", bitte ich Donatella. „Mama wirkt wie ein verliebter Teenager auf mich."

„Du kannst dich auf mich verlassen, meine Kleine. Ich passe auf euch auf!"

Was soll diese Aussage denn nun wieder?

Nicht ich bin verliebt und trage die rosarote Brille, sondern meine Mutter.

Wo ist sie überhaupt?

„Hat von euch jemand Mama gesehen?", frage ich aus meinen Gedanken heraus.

Maria klärt mich schnell auf und nun weiß ich, dass sich meine Mutter auf der Terrasse zum Garten befindet und dort den Tisch für das Abendessen eindeckt.

Kurz darauf stehe ich bereits neben ihr und gerate in großes Staunen. Dass meine Mutter ein Händchen für besonders schöne Blumenarrangements hat, beweist sie fast täglich, denn das gesamte Haupthaus ist damit geschmückt. Doch bei der heutigen Tischdekoration übertrifft sie sich selbst. Die üppigen Buketts, die aus Lavendel, Hortensien, Rosen und diversen Gräsern bestehen – was übrigens alles verstreut auf unserem Anwesen wächst –, passen perfekt zu dem nostalgischen Geschirr sowie den Kristallgläsern meiner Urgroßmutter.

„Du erwartest aber nicht Julius Cäsar persönlich sowie sein Gefolge?", frage ich mit ein wenig Ironie in der Stimme, die mir aber abhandenkommt, sobald ich meine Mutter näher betrachte. Nicht nur Donatella hat heute Abend in die optische Trickkiste gegriffen, sondern ihre Tochter auch, denn meine Mutter trägt ein schwarzes, enganliegendes Kleid mit einem sehr tiefen Dekolleté und ihre langen gewellten Haare umspielen ihr dezent geschminktes Gesicht.

Welch ein Anblick einer sinnlichen Frau.

Als plötzlich Matteos Stimme ertönt und er uns ganz aufgeregt zuruft: „Eine schwarze Limousine fährt die Straße zum Weingut hinauf", bekomme nicht nur ich Hitzewallungen.

Meine Mutter fächert sich ebenfalls frische Luft zu.

Verflucht! Was bin ich jetzt aufgeregt.

Capitolo 5

Bei jedem Schritt, den ich durch das Eingangsfoyer schreite, steigert sich meine Aufregung und langsam bekomme ich Angst, dass mir übel wird.

„Atmen! Aurora. Du musst tief einatmen und langsam wieder ausatmen." Meine Mutter scheint im selben desolaten Zustand zu sein wie ich, denn sie macht ebenfalls ihre vorgeschlagenen Übungen. Bei ihr kann ich es noch nachvollziehen, denn sie ist wohl in diesen Francesco verliebt.

Doch wieso reagiere ich so irrational?

Wenn ich wirklich mit diesem Vincenzo Sex hatte – woran ich mich nicht mehr erinnern kann –, wäre daran nichts Verwerfliches, weil zumindest ich damals Single war, und außerdem habe ich mir geschworen, von solchen charmanten Männern die Finger zu lassen. Quasimodo ist jetzt mein Beuteschema, denn der ist bestimmt nicht schon verheiratet wie dieser Ricardo.

Donatella erwartet uns bereits und gibt uns mit einem Handzeichen zu verstehen, dass wir uns neben sie stellen sollen. Mit einem verstohlenen Blick überfliege ich die Situation und muss feststellen, dass wir wie drei alte Jungfern aussehen, die endlich auf die Erlösung unseres erbärmlichen Zustands hoffen. Dass diese aus einer schwarzen Limousine aussteigen soll, gleicht eher einem Albtraum.

Komischerweise bin ich plötzlich innerlich ruhig, als der Wagen zehn Meter vor uns anhält und anschließend parkt. Bei meiner Mutter, die neben mir steht, sieht das etwas anders aus. Sie atmet so tief ein und aus, dass ich es hören kann, und dabei hebt und senkt sich ihr Brustkorb mehr als sonst, sodass ihr weit ausgeschnittenes Dekolleté noch auffälliger wirkt. Für eine Sekunde bin ich gewillt, sie darauf aufmerksam zu machen, denn das könnte ihr Verehrer vielleicht zu persönlich nehmen. Doch sobald sich die erste Autotür öffnet, entziehe ich meiner Mutter die Aufmerksamkeit und konzentriere mich auf das, was gleich passieren wird.

Der Chauffeur der Limousine tritt als Erstes in Erscheinung und so wie er aussieht, hat er bestimmt sein ganzes Leben nichts anderes gemacht, als böse zu gucken und die Geräte eines Fitnessstudios zu malträtieren. Mit einer demütigen Geste öffnet er die hintere Autotür und mit etwas Mühe steigt ein älterer Gentleman aus, der wahrscheinlich in Donatellas Alter ist. Seine vollen grauen Haare und der perfekt sitzende schwarze Anzug verleihen ihm eine gewisse Würde.

„Der ist für dich!", presst Donatella zwischen den Zähnen hindurch und wirft mir einen kurzen Blick zu.

Natürlich!

„Großmutter!", gifte ich leise zurück.

„Leise!", mahnt meine Mutter, weil in diesem Moment die rechte hintere Autotür geöffnet wird und ein weiterer Mann aussteigt.

Beim Blick auf meine Mutter bin ich mir nicht

sicher, ob ich den Notdienst vorab informieren soll, denn ich habe die Befürchtung, dass sie gleich zu kollabieren droht.

„Cara ... Bella ...", ruft jemand plötzlich und automatisch fällt mein prüfender Blick auf den großen schlanken Mann, der so theatralisch den Namen meiner Mutter sagt.

So attraktiv hatte ich Francesco Conti gar nicht mehr in Erinnerung.

Mit weit geöffneten Armen schwebt er in seinem weißen Maßanzug auf meine Mutter zu und ich fühle mich plötzlich wie eine Nebendarstellerin in einem schnulzigen Hollywoodfilm, der in den Sechzigern gedreht wurde. Seine grau melierten, dunklen und leicht welligen Haare sind akkurat zurückgekämmt und seine wachen braunen Augen fixieren meine Mutter. Trotz des grauen Bartes kann ich ein reizvolles Lächeln ausmachen.

Das leise Stöhnen meiner Mutter zwingt mich zu der Annahme, dass sie nicht nur verzückt ist von diesem Mann. Ich würde mich so sehr für sie freuen, wenn dieser Francesco es tatsächlich ernst mit ihr meinen würde.

Um nicht ebenfalls von ihm umarmt zu werden, trete ich etwas zur Seite und sobald Francesco meine Mutter liebevoll und herzlichst in seine Arme schließt, überrollt mich ein wohliges Gefühl. Doch als er beginnt, ihr etwas ins Ohr zu flüstern und meine Mutter daraufhin anfängt zu kichern, bin ich peinlich berührt.

Donatella scheint es ähnlich zu ergehen, aber im Gegensatz zu mir macht sie ihrem Unmut Luft und beschwert sich, dass sie nicht zuerst begrüßt wurde. Francesco lässt daraufhin sofort von meiner Mutter ab und wendet sich mit einer leichten Verbeugung der kleinen Frau mit den Pudellocken zu. Dann greift er nach ihrer Hand und erzählt irgendetwas, wie untröstlich er wäre, und beendet seine Entschuldigung mit einem graziösen Handkuss.

Ein Italiener der alten Schule.

Für mich ein bisschen zu kitschig und deshalb bin etwas skeptisch, als sich Francesco nun an mich wendet. Mit einem freundlichen Lächeln steht er direkt vor mir, mustert mich und ich bemerke, wie intensiv der Blick aus seinen braunen Augen ist. Ich habe das Gefühl, als hätte er die Fähigkeit, in meine Seele zu sehen. Nach einem kurzen Moment sagt er mit seiner dunklen, aber warmen Stimme: „Es freut mich, dich so wohlbehalten zu sehen."

Eigentlich möchte ich ihm darauf antworten, dass ich heute noch nüchtern bin – im Gegensatz zu unserem ersten Treffen –, aber ich verkneife es mir vorerst. Da ich noch keine Ahnung habe, wie der weitere Abend verläuft, ist es nicht ausgeschlossen, dass ich aus Verzweiflung wieder mehr Rotwein trinke, als mir guttut. Deshalb antworte ich floskelhaft und werde jedoch jäh unterbrochen.

„Willst du mir diese junge hübsche Signora nicht vorstellen?"

Francesco hebt entschuldigend die Arme und ruft: „Paolo!"

„Was?", zetert dieser, schubst Francesco sanft zur Seite und wendet sich mir zu. Vorsichtig greift er nach meiner Hand und hält sie zärtlich in seiner, als er mich eindringlich ansieht. Im Normalfall würde ich diese Geste als anmaßend empfinden, doch jetzt hat dieser Moment etwas Besonderes an sich. Wie gebannt starre ich auf seine schmalen Lippen, als er mit seiner rauen Stimme zu sprechen beginnt: „Mein Name ich Paolo Conti und ich bin der Onkel von Francesco, der seit dem plötzlichen Tod seines Vaters vor zwanzig Jahren … zu meinem Sohn geworden ist. Ich verspreche dir hiermit, dass wir immer für dich und deine Familie da sein werden." Mit einem angedeuteten Handkuss beendet er seine theatralische Vorstellung und plötzlich fühle ich mich wie in einem Mafia-Film.

Irritiert sehe ich erst zu meiner Mutter, die mir optimistisch zulächelt und weiter zu Donatella, auf deren Stirn sich tiefe Sorgenfalten abzeichnen.

Wir müssen dringend reden. Allein.

Mit gespielter Höflichkeit bedanke ich mich bei Paolo für die nette Geste und will mich zurückziehen, als ich plötzlich eine mir nicht unbekannte Stimme höre.

Vincenzo.

Fast hätte ich ihn vergessen.

***

Während ich noch überlege, ob ich jetzt besser verschwinde, damit ich mir eine peinliche Situation erspare, tritt Paolo gekonnt zur Seite und eröffnet mir so die volle Sicht auf Vincenzo.

Himmel. Was für ein Anblick.

Anscheinend hat er die ganze Zeit noch im Auto

gesessen und wohl telefoniert – zumindest nehme ich das an, weil ich ihn nicht schon eher entdeckt habe und er sein Smartphone noch in der Hand hält. Doch das ist nicht mein Hauptaugenmerk. Vielleicht bilde ich es mir nur ein, aber er wirkt heute Abend ganz anders auf mich als in Isabellas Pasticceria. Sein grauer Maßanzug und das halb offene, enganliegende weiße Hemd lassen mich erahnen, was für einen durchtrainierten Körper er hat.

Sah er vor einem Jahr auch schon so aus?

Damit nicht genug, setzt er zu allem Überfluss seine dunkle Sonnenbrille ab und hängt sie sich in den weiten Ausschnitt seines Hemdes. Dass dabei sein Rosenkranz sichtbar wird, ist nicht mein vorrangiges Problem, sondern seine mystisch wirkenden dunklen Augen, die durch seine leicht gebräunte Haut noch intensiver auf mich wirken. Spätestens jetzt sollte ich gehen.

Stattdessen mache ich den Fehler und suche seinen Blick, worauf er mit einem charmanten Lächeln antwortet.

Verdammt! Was mache ich jetzt?

Da ich nicht davon ausgehen kann, dass er uns Frauen keine persönliche Begrüßung zukommen lässt, beginne ich tief ein- und auszuatmen, damit ich wenigstens bei diesem Treffen wie eine emanzipierte Frau rüberkomme.

Als hätte er meine Gedanken erraten, setzt er sich – die rechte Hand in der Hosentasche, sein Blick auf mich fixiert – mit langsamen Schritten in Bewegung. Vincenzos Lässigkeit gepaart mit seinem coolen Charme weckt – zu meiner eigenen Überraschung –

ein gewisses Interesse an ihm, zumal er der Gegensatz zu Ricardo ist, der bei jedem Schritt seine Männlichkeit und Macht demonstrieren musste.

Je näher Vincenzo mir kommt, umso aufgeregter werde ich. Allein schon dieser sinnliche Blick aus seinen dunkelbraunen Augen beschert mir einen erhöhten Pulsschlag. Ich kenne keinen Mann, der mich in meinem Leben so betrachtet hat wie er jetzt. Zu meinem Verdruss ist es mir unmöglich, ihn nicht schmachtend anzusehen und deshalb bereite ich mich innerlich auf ein Aufeinandertreffen mit ihm vor.

Warum ich nun aufhöre, Luft zu holen, weiß ich auch nicht. Jedenfalls bemerke ich nach zwei unterlassenen Atemzügen, dass Vincenzo nicht vor mir steht, sondern Donatella mit einem angedeuteten Handkuss begrüßt. Dass diese vergnüglich gluckst, ist nicht zu überhören.

Meine Mutter erfährt die ähnliche Begrüßung von ihm und zu meiner großen Überraschung reden die beiden miteinander, als wären sie gute Freunde.

Ich scheine nicht nur in Sizilien eine Menge verpasst zu haben.

Warum verschweigt ...?

Weiter komme ich nicht mit meiner gedanklichen Frage, denn ich spüre plötzlich eine Hand an meiner Hüfte, die sanften Druck ausübt.

Vincenzo steht genau vor mir und ein warmer Luftstoß weht mir den Duft seines erfrischenden Parfums zu.

Verflucht! Riecht dieser Mann gut!

Mit leicht vernebeltem Sinn spüre ich nun seinen

Atem – der einen angenehmen Geruch nach Pfefferminz hat – auf meiner rechten Wange und augenblicklich durchströmt mich ein wohliges Gefühl, welches sich vervielfacht, nachdem er meinen Namen geflüstert und mir einen Kuss auf die Wange gehaucht hat.

Himmel!

Jetzt bloß nicht töricht werden, ermahne ich mich tonlos und schlucke schwer, was mit einem trockenen Mund kaum möglich ist.

„Buonasera", röchle ich.

Damit er mein spätpubertäres Gehabe nicht bemerkt, muss ich etwas Abstand zwischen uns schaffen und trete deshalb einen kleinen Schritt zurück.

Vincenzo scheint das nicht zu stören – er vergräbt die andere Hand, die erst auf meiner Hüfte lag, ebenfalls in der Hosentasche – und sieht mich weiter mit einem betörenden Lächeln an.

Krampfhaft versuche ich, einen gelangweilten Gesichtsausdruck zu mimen und als er mir mit seiner tiefen, beruhigenden Stimme die lapidare Frage stellt: „Wie geht es dir?", bin ich nicht gewillt, darauf zu antworten, weil es ihm egal sein kann. Doch der Gedanke daran, dass er heute in Isabellas Pasticceria am Nachbartisch saß und sich nicht zu erkennen gab, verdrängt das wohlige Gefühl, welches er gerade bei mir erzeugte.

Ich will wissen, warum er dort war.

„Du hast heute …", beginne ich und schenke ihm einen provokanten Blick, „als du bei meiner Freundin in der Pasticceria warst, gar nicht aufgegessen.

Hat es dir nicht geschmeckt?" Dass dies eine idiotische und gleichzeitig zickige Frage ist, weiß ich selbst, doch das ist jetzt nicht relevant.

„Ich war zu abgelenkt, weil am Nachbartisch eine sehr schöne Frau saß, von der ich die Augen nicht lassen konnte", antwortet er und schenkt mir ein entwaffnendes Lächeln.

Jetzt fühle ich mich vorgeführt, denn nach der Aussage meiner Freundin sah ich heute Mittag richtig fertig aus.

Donatellas krächzende Stimme zu hören, klingt für mich in diesem Augenblick nach Erlösung. „Ich muss mich um die Gäste kümmern", sage ich mit fester Stimme und dränge mich an Vincenzo vorbei. Dass ich dabei seinen Arm berühre, ist pure Absicht.

***

Eine Stunde und mehrere Gläser Rotwein später herrscht eine scheinbar entspannte Stimmung an dem großen Esstisch auf der Terrasse, den meine Mutter so romantisch eingedeckt hat. Zu meiner anfangs großen Erleichterung hat sich Donatella Vincenzo als Tischnachbarn geschnappt, während ich das Glück habe, neben Paolo zu sitzen, der mich mit seinem ihm eigenen Humor immer wieder zum Lachen bringt. Besonders die Anekdoten aus seiner Kindheit hindern mich daran, alle Köstlichkeiten, die Maria zubereitete, zu probieren und irgendwann habe ich einfach keinen Hunger mehr. Außerdem habe ich bis jetzt nur einen kleinen Schluck Rotwein getrunken, denn mein Bauchgefühl sagt mir, dass diese entspannte Stimmung nur gespielt ist.

Keiner der Männer hat bis jetzt auf meine Bitte reagiert, mir von der angeblichen Investition, die sie tätigen wollen, zu erzählen. Mit viel Charme wurde ich von Paolo und Francesco auf ein morgiges Treffen vertröstet. Vincenzo hielt sich ganz zurück und beobachtet mich stattdessen fast ununterbrochen, denn er sitzt mir direkt gegenüber. Wirklich viel hat er ebenfalls nicht gegessen und stattdessen – wenn er mich nicht im Visier hatte – auf sein Smartphone geschielt und tauschte danach vielsagende Blicke mit Francesco oder Paolo aus.

Ich habe auf dieses Versteckspiel keine Lust mehr.

Mit einer glatten Lüge – ich hätte meine Geldbörse bei Isabella in der Pasticceria vergessen – entschuldige ich mich bei allen Anwesenden und erreiche damit, dass plötzlich Ruhe am Tisch herrscht. Während ich mit Unverständnis und Enttäuschung gerechnet habe, werde ich mit Bitten und Vorschlägen zum Bleiben überhäuft. Als ich dankend ablehne, steht Francesco plötzlich auf, kommt auf mich zu, nimmt meine Hand und sagt mit warmherziger Stimme: „Ich möchte nicht, dass du zu dieser späten Stunde alleine die Landstraße entlangfährst. Bitte lass dich von meinem Chauffeur begleiten", beschwört er mich, drückt meine Hand und sieht mich dabei eindringlich an.

So liebevoll habe ich mir immer meinen Vater vorgestellt, den ich leider nie kennenlernen durfte, weil er einfach abgehauen ist. Laut Aussage meiner Mutter lebt er angeblich in Australien und mir ist er nach den vielen Jahren des Vermissens egal geworden.

Obwohl ich die Fürsorge von Francesco völlig übertrieben finde – ich fahre nicht zum ersten Mal nachts die Landstraße entlang –, nehme ich das Angebot von ihm an. Dass danach plötzlich alle wieder lustig sind, gibt mir zu denken und Francescos Kuss auf meine Stirn bringt mich ins Wanken.

„Ist dir nicht gut?", fragt er daraufhin besorgt und meine Mutter steht wie aus dem Nichts neben mir.

„Du sollst mich nicht stalken", maule ich sie an. „Mir geht es gut. Ich ziehe mir nur etwas anderes an." Mit diesen Worten entziehe ich Francesco meine Hand, laufe an dem Esstisch vorbei und entdecke da nur noch Paolo und Donatella.

Wo ist Vincenzo?

Vielleicht ist er einfach nur zur Toilette gegangen, was ein typisches menschliches Bedürfnis ist. Trotzdem lässt mir sein Verschwinden keine Ruhe und sobald ich das Haupthaus betrete, bin ich besonders aufmerksam.

Damit ich keinen Lärm verursache, ziehe ich erst meine Sandalen aus, schleiche auf Zehenspitzen durch das Foyer und weiter die Treppen zu meiner Wohnung hinauf. Es ist verdächtig still im Haus.

Sobald ich meine Eingangstür hinter mir geschlossen habe, verfalle ich tatsächlich dem paranoiden Gedanken, dass sich Vincenzo hier verstecken könnte.

Warum sollte er das tun?

Um mich selbst zu überführen, wie töricht ich bin, mache ich zuerst in allen Zimmern Licht an und …

Moment!

Plötzlich höre ich durch die geöffneten Fenster

Stimmen und natürlich muss ich wissen, wer das ist!

Ohne lange nachzudenken, verlasse ich barfuß wieder meine Wohnung und renne – soweit das in dem langen Kleid möglich ist – die Treppen hinunter ins Foyer und weiter zum Hinterausgang der Küche. Von hier aus kann ich teilweise die Einfahrt einsehen.

Zu meiner Verblüffung entdecke ich neben der parkenden schwarzen Limousine Matteo und Vincenzo, die sich wild gestikulierend unterhalten.

Was für eine Überraschung!

Der muskelbepackte Chauffeur steht auch dabei und scheint beiden zuzuhören. Leider kann ich nicht verstehen, was sie sagen, aber es macht mich mehr als stutzig, dort Matteo vorzufinden. Lange muss ich nicht warten, bis ich Zeugin werde, wie sich Vincenzo mit einer festen Umarmung von ihm verabschiedet.

Woher kennen sie sich?

Danach wendet sich Vincenzo ab und scheint wieder in Richtung Terrasse zu laufen, während Matteo den Weg zum Hintereingang wählt, wo ich versteckt stehe.

Verdammt!

Capitolo 6

Damit mich Matteo nicht entdeckt, schleiche ich zurück in die Küche, mache dort Licht an und mit besonders viel Lärm – indem ich Schubladen aufziehe und geräuschvoll wieder schließe – beginne ich, mir ein paar Habseligkeiten für ein Picknick zusammenzusuchen. Ich muss nicht lange warten, bis Matteo meinen Namen ruft und ich seine Überraschung in der Stimme hören kann. „Seit wann bist du hier?", will er nun wissen und das ist definitiv nicht die Frage, die man stellen würde, wenn man nichts zu verbergen hat.

„Himmel!", rufe ich und gebe mich schreckhaft. „Ich bin vielleicht seit zwei Minuten hier", setze ich nach.

„Und was suchst du?", bohrt er weiter und betrachtet mich argwöhnisch dabei, wie ich ein paar von Marias übrig gebliebenen Köstlichkeiten vom Abendessen in einen Korb packe.

„Ich habe meine Geldbörse bei Isabella vergessen und die möchte ich mir jetzt noch holen. Und bei dieser Gelegenheit können wir später ein kleines Mitternachtspicknick veranstalten", erkläre ich und versuche so normal wie möglich zu wirken, obwohl mir das wahnsinnig schwerfällt.

„Um diese Zeit?" Matteo ist das Entsetzen anzuhören.

„Warum denn nicht?", entgegne ich und sehe ihn verwundert an. „Ich bin doch oft noch zu dieser Uhrzeit unterwegs und außerdem ... mich entführt schon niemand", setze ich scherzhaft nach.

Matteos Reaktion fällt anders aus, als ich erwartet habe. Zuerst motzt er mich an und zetert, weil ich barfuß bin – ich könnte mich erkälten – und dann besteht er darauf, dass er mich persönlich zu Isabella bringt.

„Damit bist du zu spät", antworte ich. „Dieser Francesco hat mir schon seine Limousine samt Chauffeur zur Verfügung gestellt."

„Ach so ...", murmelt Matteo und versucht, überrascht zu klingen.

Warum lügt er?

Ich kenne ihn seit meiner Geburt und er ist wie ein Vaterersatz für mich und ich weiß, dass er mir nie Unheil zufügen würde. Deshalb vertraue ich ihm bedingungslos. Um herauszufinden, warum er mich anlügt, muss ich ihn zur Rede stellen.

Ich habe einen Plan.

„Also, wenn du unbedingt darauf bestehst, mich zu Isabella zu fahren, dann würde ich dein Angebot gerne annehmen", säusle ich, hole mir noch zwei Weinflaschen aus dem Regal, packe sie zu den restlichen Dingen und beobachte verstohlen, wie Matteo erleichtert aufatmet.

„Wir treffen uns in zehn Minuten bei den Autos", flüstere ich verschwörerisch. Dann laufe ich auf ihn zu, drücke ihm einen Kuss auf die Wange und bitte ihn, meinen gepackten Korb mitzunehmen.

Er antwortet auch darauf nichts und sieht mir nur

zu, wie ich anscheinend fröhlich aus der Küche tänzle. Sobald ich draußen im Foyer ankomme und außer Sichtweite von ihm bin, raffe ich mein Kleid hoch, renne bis zu den Treppen, die zu meiner Wohnung führen und nehme zwei Stufen auf einmal.

Jetzt muss alles ganz schnell gehen.

***

Während ich in mein Schlafzimmer eile, reiße ich mir schon mein Kleid über den Kopf und schmeiße es mit viel Schwung aufs Bett. Dann betrete ich mein kleines Ankleidezimmer und ziehe mir eine Jeans-Shorts, ein schwarzes Top und Sneakers an. Draußen ist es noch so warm, dass ich nicht mehr Kleidung benötige. Matteos Sorge, ich könnte mich erkälten, weil ich barfuß war, ist unberechtigt und hatte meiner Meinung nach einen ganz anderen Grund.

In einen kleinen Rucksack packe ich Kleidung für eine eventuelle Übernachtung, mein Smartphone sowie die angeblich vergessene Geldbörse – welche beide auf der kleinen dunklen Kommode liegen – und renne weiter ins Bad, um meine Kosmetiksachen ebenfalls im Rucksack zu verstauen. Fertig.

Bevor ich die Wohnung verlasse, schalte ich in allen Räumen das Licht aus – welches ich in meinem Verfolgungswahn vorher angemacht habe – und schleiche die Treppen hinab ins Foyer. Gleich neben dem Treppenaufgang befindet sich eine unscheinbare Tür aus altem Eichenholz und diese jetzt lautlos zu öffnen, ist die größte Herausforderung meines Plans.

Zu meiner Freude dringt von der Terrasse Musik und Gelächter zu mir durch und deshalb riskiere ich es und ziehe die Tür mit einem Ruck auf. Das dadurch entstehende laute Knacken lässt mich kurz stocken, doch dann schlüpfe ich – ohne mich noch einmal umzusehen – durch den schmalen Spalt hindurch und schließe hinter mir die Tür. Für einen kurzen Moment stehe ich in vollkommener Dunkelheit, bis ich den Lichtschalter ertastet habe.

Die steile Steintreppe vor mir führt in unseren privaten Weinkeller und ist nur spärlich beleuchtet. Vorsichtig steige ich sie hinab und die Luftfeuchtigkeit sowie die kühle Temperatur in dem Weinkeller sorgen für ein unangenehmes Gefühl auf meiner Haut.

Mit großen Schritten laufe ich weiter an etlichen Weinregalen und Eichenfässern vorbei und wer sich in diesen Gewölben nicht auskennt, kann sich mächtig verirren, denn es gibt nicht nur einen Weinkeller, sondern gleich drei von unterschiedlicher Größe, die sich zusammenhängend von dem Hauptgebäude bis zu den Nebengebäuden wie unterirdische Bunker erstrecken. Da ich mindestens ein Drittel meiner Kindheit hier unten verbracht habe – weil es hier die besten Verstecke gab –, kenne ich fast jeden Winkel und weiß, welcher Weg mich zu dem Nebengebäude führt, welches wir als Stellplatz für die Autos nutzen. Ungeduldig haste ich weiter und bin durchaus erleichtert, als ich endlich in der Garage angekommen bin. Vorsichtig schleiche ich um die vier Autos herum und rufe leise: „Matteo, ich bin da."

Plötzlich geht das Licht an und nicht Matteo steht

vor mir, sondern Vincenzo.

Was macht er denn hier?

Während ich verwirrter nicht sein könnte, schmunzelt er mich erst an, bevor er provokant auf seine Armbanduhr sieht und feststellt: „Du bist zwei Minuten zu spät."

Wie bitte!

„Und du hast hier nichts zu suchen", blaffe ich sofort los.

„Ich weiß und es tut mir auch leid, aber Matteo ist verhindert. Ich werde dich fahren."

„Bestimmt nicht!", entgegne ich gereizt. „Außerdem, was hast du mit ihm gemacht?"

Vincenzos Freundlichkeit weicht bei meiner letzten Frage aus seinem Gesicht. „Was denkst du von mir? Du glaubst doch nicht, dass ich ihm etwas angetan habe?" Sein Entsetzen über meinen Vorwurf ist nicht zu überhören.

„Eure Heimlichtuerei lässt doch darauf schließen", antworte ich.

„Ich verstehe dich gerade nicht ..."

Er weicht mir aus.

„Natürlich tust du das. Ich habe dich und Matteo beobachtet ..."

„Moment!", unterbricht er mich und kommt langsam auf mich zu.

Instinktiv gehe ich ein paar Schritte zurück und halte dabei Blickkontakt zu ihm, um sein weiteres Vorhaben abschätzen zu können. Als ich plötzlich die Wand hinter mir spüre, macht sich in mir ein mulmiges Gefühl breit und ich fühle mich ihm ausgeliefert.

Doch Vincenzo bleibt sofort stehen und bewahrt

einen akzeptablen Abstand, der mein ungutes Empfinden schwinden lässt. Trotzdem beobachte ich ihn mit Skepsis, wie er nun in seine linke Hosentasche greift, etwas herausholt und es mir in der nächsten Sekunde zeigt: sein Smartphone. Dann tippt er auf dem Display herum. Als ich plötzlich „Pronto!" höre, erkenne ich Matteos Stimme.

Bevor Vincenzo antwortet, nimmt er mich wieder ins Visier und sagt dann in verschwörerischer Tonlage: „Kannst du bitte kommen? Es ist *das* Problem eingetreten, was wir befürchtet haben."

Daraufhin antwortet Matteo mit einem knappen „Sí!" und scheint dann das Gespräch zu beenden, denn Vincenzo steckt sein Smartphone mit einem entzückenden Lächeln zurück in seine Hosentasche.

Nur ist mir nicht zum Lachen.

„Bin ich etwa *das* Problem?", fauche ich ihn an. Er lässt sich davon nicht aus der Ruhe bringen, zumindest wirkt er so auf mich.

Mir bleibt auch keine Zeit mehr, ihm weitere Fragen zu stellen, denn mein Weinküfer taucht schon aus der Dunkelheit auf, was mich schlussfolgern lässt, dass er nicht weit weg von hier gewesen ist. Bevor er irgendetwas sagen kann, herrsche ich ihn an: „Matteo! Wieso belügst du mich?"

Statt einer Antwort von ihm erhalte ich eine von Vincenzo: „Ich war es, der ihm untersagt hat, dir die Wahrheit zu erzählen …" Dabei sieht er mich ernst an und augenblicklich ahne ich nichts Gutes.

„Das Weingut ist schon verkauft, oder?", sage ich, sehe kurz beide Männer an, die das vehement abstreiten.

Sofort schöpfe ich wieder etwas Hoffnung. „Was ist es dann?"

Matteo blickt daraufhin Hilfe suchend zu Vincenzo und als dieser ihm verstohlen zunickt, sagt er leise: „Aurora, Bella, es gibt ein Geheimnis, worüber wir Stillschweigen bewahren müssen …"

Echt jetzt?

„Das ist alles?", blaffe ich und lache gekünstelt.

„Was Matteo damit sagen will …", beginnt Vincenzo und setzt dabei wieder dieses charmante Lächeln auf, „uns steht es nicht zu, dir davon zu erzählen …"

„Aha. Weiß meine Mutter davon?"

Beide Männer scheinen erst kurz zu überlegen, bis sie als Antwort ein „Sí!" herauspressen.

„Und wie alt ist dieses Geheimnis?", bohre ich weiter und ich merke, wie mir mein Verständnis für diese abstruse Situation verloren geht.

Als Matteo etwas von fünfunddreißig Jahren murmelt, gebe ich genervt auf.

„Macht, was ihr wollt! Ich fahre jetzt zu Isabella", brumme ich und dränge mich an Vincenzo vorbei, wobei ich ihn erneut mutwillig streife, was er ohne Einwand geschehen lässt. Dann will ich von Matteo wissen, wo mein Picknickkorb ist und erhalte anstatt von ihm erneut eine überraschende Antwort von Vincenzo: „Der ist bereits im Auto!"

„In welchem Auto?", schnarre ich, weil ich spüre, dass er direkt hinter mir steht. Das verrät mir der Geruch von Pfefferminz. Abrupt drehe ich mich um und in diesem Moment zeigt Vincenzo mit einer flapsigen Handbewegung in die Dunkelheit.

„Dort parkt kein Auto …", grolle ich und plötzlich blinken rote Rücklichter auf.

Was ist das denn?

Skeptisch trete ich ein paar Schritte nach vorn und betrachte einen schwarzen Sportwagen. „Ist das deiner?", frage ich Vincenzo, der schon wieder in meiner unmittelbaren Nähe steht. Statt einer Antwort öffnet er mir die Fahrertür und bittet mich, einzusteigen.

„Ich soll fahren?", röchle ich und bin verwirrt.

„Du magst doch schnelle Autos und außerdem sollten wir uns beeilen, damit du deine Geldbörse, die auf der kleinen dunklen Kommode in deinem Ankleidezimmer lag, von Isabella holen kannst."

Himmel!

Wer ist dieser Mann wirklich?

Capitolo 7

Der Blick auf das Tachometer von Vincenzos Sport-wagen verrät mir, dass ich es mit einem noch schnelleren Auto zu tun habe, als ich es besitze. Beim Drücken auf den Startknopf brüllt mich der Motor an und als ich das Gaspedal kurz trete, röhrt er dazu. Ich habe keine Ahnung, warum ich unbedingt diesen Wagen fahren soll und woher Vincenzo all die anderen Informationen über mich in Erfahrung gebracht hat. Darüber zermartere ich mir später den Kopf und fröne jetzt meiner heimlichen Leidenschaft für PS-starke Autos, die ich wohl von meinem Vater geerbt haben muss, zumindest nach der Aussage meiner Mutter, die mir sonst recht wenig über ihn erzählt hat.

„Auf was wartest du?", fragt mich Vincenzo und holt mich damit aus meinen Gedanken. Ich schenke ihm als Antwort einen kurzen Blick in seine mystisch wirkenden Augen, die sogar in der Dunkelheit noch leuchten.

„Schnall dich an!", sage ich mit fester Stimme und gebe mehr Gas als nötig. Die Reifen des Sportwagens graben sich für Sekunden in den staubigen Boden ein, bevor das Auto mit lautem Gebrüll nach vorne schießt. Im Rückspiegel kann ich noch Matteo sehen, wie er wild gestikulierend in einer Staub-wolke dasteht.

Habe ich Mitleid mit ihm?

In diesem Moment nicht, weil er mich vorher angelogen hat.

Viel zu schnell fahre ich die Strecke bis zur Hauptstraße und bin verwundert, dass mein Beifahrer dazu nichts sagt, denn ich kenne nur das Gezeter von meinem Ex-Mann oder Ricardo – von meiner Familie will ich gar nicht sprechen –, die mir jedes Mal eine Szene wegen meines Fahrstils machten.

Sobald wir auf der Landstraße sind, fahre ich etwas verhaltener, weil mir mein Führerschein schon heilig ist. Allerdings fällt mir auf, dass sich Vincenzos Gelassenheit in Unruhe verwandelt hat, denn sein Blick wandert in sehr kurzen Abständen immer wieder in den Seitenspiegel.

Als plötzlich sein Smartphone klingelt, zieht er es hastig aus der Hosentasche und einen Atemzug später bellt er laut „Pronto!" und hört mit angespanntem Gesichtsausdruck zu, wobei er den Blick nicht vom Seitenspiegel wendet.

Automatisch befällt mich ein ungutes Gefühl und ich muss an den schwarz gekleideten Motorradfahrer denken, der mir heute schon zweimal begegnet ist. Ob Vincenzo davon Kenntnis hat?

Bestimmt!

Mein mulmiges Gefühl nötig mich dazu, besonders in den Kurven etwas langsamer und umsichtiger zu fahren, denn man kann nie wissen, wer oder was sich dahinter versteckt. Außerdem erhalten mein Rück- und Seitenspiegel mehr Aufmerksamkeit als nötig und ich atme jedes Mal erleichtert auf, wenn ich feststelle, dass uns niemand verfolgt.

Vincenzos Telefonat scheint sehr einseitig zu sein, denn er spricht nicht und scheint nur zuzuhören. Das ändert sich, als wir zeitgleich in den Autospiegeln einen schnell herannahenden Motorradfahrer ausmachen, dem noch eine Limousine folgt. Dass beide dunkel sind, verwundert mich nicht.

„Nach der nächsten Kurve biegst du links ab in den Feldweg und machst das Licht aus", sagt er mit tiefer, aber ruhiger Stimme.

Mit so etwas habe ich schon gerechnet, aber wo ist in diesem Sportwagen der Schalter für das Licht?

Bevor ich diese Frage stellen kann, beantwortet sie mir mein Beifahrer: „Der Schalter ist links von dir, unterhalb des Lenkrads."

Kann dieser Mann auch noch Gedanken lesen? Er wird mir immer unheimlicher.

„Dachte ich mir schon", lüge ich, gebe noch mal Gas, um den Abstand zu dem Motorradfahrer zu vergrößern und biege dann nach der nächsten Kurve scharf links ab. Dass es uns dabei etwas durchschüttelt, nehmen wir beide ohne Kommentar in Kauf. Viel besser wird es auch nicht, denn ich habe keine Ahnung, wo ich im Dunkeln hinfahre.

„Anhalten und Motor aus", sagt Vincenzo, ohne den Blick vom Seitenspiegel zu wenden.

Irritiert sehe ich ihn kurz an und er hat tatsächlich immer noch sein Smartphone am Ohr. Bekommt er etwa diese Anweisungen von jemand anderem? Sollte dies tatsächlich der Fall sein, dann würde mich schon interessieren, wer das ist.

„Wir können wieder fahren", sagt er plötzlich mit tiefer Stimme, beendet sein Telefonat und steckt sein

Smartphone wieder zurück in seine Hosentasche.

„Dir ist schon klar ...", beginne ich und starte den Motor wieder, „dass du mir nicht nur eine Erklärung schuldig bist!" Bewusst wähle ich eine bestimmende Tonart, damit Vincenzo weiß, dass ich es ernst meine.

„Natürlich!", antwortet er und schenkt mir einen schmachtenden Blick aus seinen dunklen Augen.

Dieser Mann verarscht mich doch.

***

Nach dem erneuten Auftauchen des rätselhaften Motorradfahrers – ich gehe davon aus, dass er es war – und Vincenzos widersprüchlichem Verhalten beschließe ich, so schnell wie möglich zu Isabellas Haus zu fahren, denn von meinem Beifahrer werde ich heute keine plausible Erklärung mehr für seine seltsame Vorgehensweise erhalten. Stattdessen redet er kein Wort mit mir und schenkt seine Aufmerksamkeit weiterhin dem Seitenspiegel. Erst als ich das Ortseingangsschild passiere, wendet er den Blick ab und sieht nach vorn. „Wir fahren ein paar Umwege."

„Echt jetzt?", blaffe ich, denn ich hoffe auf ein baldiges Ende dieser Geisterfahrt.

„Deine Freundin weiß doch nicht, dass du sie heute Abend noch besuchen kommst, also ist das auch kein Problem."

Jetzt reicht es mir!

Überwacht er nicht nur mich, sondern auch mein Smartphone? Bewusst habe ich Isabella nicht angerufen, weil ich schon so einen Verdacht hatte, den ich aber selbst als völlig übertrieben empfand.

Mit einer Vollbremsung am rechten Straßenrand beende ich diese irrsinnige Fahrt. „Ich laufe den Rest!", sage ich mit fester Stimme und will aussteigen, doch die Tür ist verriegelt. Mein finsterer Blick in Richtung meines Beifahrers beeindruckt ihn nicht, denn Vincenzo scheint meine Handlung schon geahnt zu haben, weil er die Fernbedienung des Sportwagens offensichtlich in der Hand hält.

„Lass mich aussteigen!", fauche ich ihn an.

„Nur, wenn du dich von der Limousine, die gleich hinter uns halten wird, zu Isabella bringen lässt", sagt er mit ruhiger Stimme. Sein eindringlicher Blick zeigt mir, dass er keinen Widerspruch dulden wird.

Misstrauisch sehe ich in den Rückspiegel und tatsächlich hält knapp hinter dem Sportwagen ein Auto. Auffällig ist, dass es ohne Licht fährt. Deshalb habe ich es wohl auch nicht bemerkt. Dass im nächsten Augenblick der fitnessbesessene Chauffeur aussteigt, der mich ursprünglich zu Isabella fahren sollte, überrascht mich schon nicht mehr.

Bestimmt werde ich nicht ins Auto von diesem Mann einsteigen und deshalb trete ich trotzig auf das Gaspedal des Sportwagens, der daraufhin mit lautem Gebrüll einen heftigen Satz nach vorn macht und sich dann mit hoher Geschwindigkeit entfernt.

Vincenzo scheint von meiner Aktion wenig beeindruckt zu sein, denn er schweigt und auch wenn ich ihn nicht direkt ansehe, bemerke ich sein zufriedenes Grinsen.

Ihm wird gleich das Lachen vergehen.

Es gibt sehr viele Möglichkeiten, wie man am

schnellsten zu Isabellas Pasticceria kommen kann und ich habe sie alle schon ausprobiert. Nicht, weil ich eine sinnlose Herausforderung gesucht habe, sondern ich ein Problem mit der Pünktlichkeit habe. So geschäftstüchtig wie Isabella ist, vertreibt sie ihre Köstlichkeiten natürlich auch auf Festen und Hochzeiten und bietet den Wein aus meiner Herstellung an. Leider verplane ich mich oft zeitlich bei zusätzlichen Lieferungen und muss deshalb schneller fahren, als erlaubt ist oder Schleichwege nehmen, weil die Stadt wieder von Touristen überrannt wird.

An der nächsten Kreuzung biege ich rechts ab, womit Vincenzo gar nicht einverstanden ist. Doch das interessiert mich nicht und beim Blick in den Rückspiegel sehe ich die Scheinwerfer der mir folgenden Limousine. Ich bin mir sicher, dass ich sie im nächsten Moment abschütteln kann, denn vor mir erhebt sich ein schmaler Tunnel, wo gerade ein Auto durchpasst.

„Aurora! Was wird das?", fragt Vincenzo und seine Stimme hört sich das erste Mal finster an.

„Die Seitenspiegel brauchst du heute nicht mehr", sage ich und gebe Gas, bevor Vincenzo irgendetwas unternehmen kann. Auch wenn dieser Sportwagen nicht dem meinen gleich ist, so sind sie sich trotzdem recht ähnlich und deshalb weiß ich, dass das Auto fast zentimetergenau durch den Tunnel passt. Die breite Limousine hinter uns würde stecken bleiben, sollte es der Chauffeur trotzdem probieren.

Nach ein paar bangen Sekunden habe ich es geschafft und kann mir die bissige Bemerkung: „Jetzt sind die Spiegel doch noch dran", nicht verkneifen.

Vincenzo nickt mir anerkennend zu und sieht dann wieder zum Seitenspiegel. Jetzt folgt uns niemand mehr und zu meiner Erleichterung parke ich im nächsten Augenblick genau vor Isabellas Pasticceria.

„Darf ich jetzt aussteigen?", frage ich ihn süffisant.

Ohne eine Antwort betätigt er die Fernbedienung des Sportwagens und entriegelt damit die Türen. Dann steigt er aus und ich beobachte ihn mit ungläubigem Blick, wie er um das Auto herumläuft und mir plötzlich die Fahrertür von außen öffnet. Mit einer grazilen Handbewegung deutet er mir, dass er mir beim Aussteigen behilflich sein möchte.

Im Prinzip ist das eine sehr aufmerksame Geste, doch mein Gegenüber hat zu viele Geheimnisse vor mir und das werde ich ihn jetzt spüren lassen. Mit arrogantem Gesichtsausdruck schiebe ich seine Hand zur Seite und steige aus. Zu meinem Missfallen ist es mir unmöglich, weiterzugehen, denn Vincenzo versperrt mir den Weg, indem er mit der linken Hand die Tür festhält und sich mit der rechten auf dem Autodach abstützt. Da er mich mindestens um einen Kopf überragt, fällt mein Blick unweigerlich in seinen offenen Hemdausschnitt und vielleicht bilde ich es mir auch nur ein, dass plötzlich sein weißes Hemd mehr über der Brust spannt als sonst, weil er tiefer atmet.

Mache ich ihn etwa nervös?

Damit ich nicht wieder in ein Gefühlschaos rutsche, nehme ich meinen Mut zusammen und dränge mich mit Gewalt an ihm vorbei.

Wie ein Gentleman, der er zu sein scheint, gibt er

bedingt nach, doch bin ich mir sicher, dass er durchaus in der Lage ist, mich festzuhalten.

„Wo ist eigentlich mein Picknickkorb?", frage ich aus sicherer Entfernung.

Vincenzo deutet auf den Kofferraum, während er irgendetwas von der Rücksitzbank fischt. Einen Atemzug später hält er meinen Rucksack in der Hand. „Willst du den nicht mitnehmen?" Dass er mich mit einem verschmitzten Lächeln dabei ansieht, ignoriere ich gekonnt. Aus Reflex greife ich danach, doch Vincenzo zieht ihn weg und sagt mit tiefer Stimme: „Ich bringe dich noch zur Tür."

„Wie du willst", antworte ich schnippisch, „und vergiss den Picknickkorb nicht." Ohne ihn anzusehen, stolziere ich die fünf Meter bis zur Eingangstür von Isabellas Haus und muss dort zu meinem Verdruss auf ihn warten, denn die Schlüssel dafür sind im Rucksack. Abrupt drehe ich mich um und mein Blick fällt direkt auf Vincenzos Rosenkranz, den er um den Hals trägt. Zusätzlich weht mir der sanfte Nachtwind das erregende Parfum des Sizilianers in die Nase und genau jetzt wird es Zeit zu gehen.

Ich bitte Vincenzo, mir meine Sachen zu geben und bemerke dabei, wie widerwillig er das tut. „Aurora!", sagt er schließlich und sieht mir dabei direkt in die Augen, „ruf mich an, wenn ich dich wieder abholen soll. Meine Telefonnummer findest du in einer Nachricht, die ich dir schon auf dein Smartphone geschickt habe."

„Ich nehme mir ein Taxi", sage ich knapp, weil ich mich schon wieder von ihm vorgeführt fühle.

Wer hat ihm meine Telefonnummer gegeben?

Capitolo 8

Hastig eile ich die Treppen zu Isabellas Wohnung hinauf und klopfe danach heftig an ihre Tür. Hoffentlich schläft sie nicht schon, denn morgen ist Samstag und meistens fährt sie schon früh nach Florenz, weil das der umsatzstärkste Tag in der Woche ist.

Gerade, als ich ein weiteres Mal anklopfen will, wird die Tür mit viel Schwung geöffnet und Isabella blafft mich an: „Kannst du mir bitte erklären, wer dieser Typ ist, aus dessen Sportwagen du gestiegen bist?"

„Ich freue mich auch, dich zu sehen", blaffe ich zurück und schiebe mich an ihr vorbei hinein in ihre Wohnung.

Isabella folgt mir laut zeternd und schweigt erst, als ich meinen Picknickkorb auf ihrem Couchtisch abstelle. „Ist das für uns?", frohlockt sie plötzlich.

„No. Das ist für deinen nicht vorhandenen Hund", sage ich genervt. „Natürlich ist das für uns. Für jeden eine Flasche Rotwein!", setze ich sarkastisch nach.

„Hmm. Es muss was Außergewöhnliches passiert sein, wenn du wieder anfängst, so viel Rotwein zu trinken. Hat das was mit dem Typ zu tun, mit dem du hierher gefahren bist? Und warum hast du vorher nicht angerufen?"

„Hast du den Mann nicht erkannt?", frage ich und hebe die Augenbrauen, weil ich auf ihre Antwort gespannt bin.

„Aurora, es ist dunkel draußen und außerdem war ich ziemlich überrascht, dich mit einem fremden Mann zu entdecken …"

„Es ist der Schönling, der dir heute das großzügige Trinkgeld hinterlassen hat …"

„No! Echt?", ruft sie laut und dann will sie natürlich wissen, wie es zu dem Treffen gekommen ist.

Wir setzen uns zusammen auf ihre Couch und ohne zu zögern erzähle ich ihr alles, was am heutigen Abend passiert ist bis ins kleinste Detail. Isabella hört mir aufmerksam zu und nur ab und an stöhnt sie kurz auf oder sie gibt andere undefinierte Laute von sich. Als ich endlich fertig bin, springt Isabella plötzlich von der Couch auf und läuft mit großen Schritten zu der alten Holztruhe von ihrer Großmutter, die unter einem von vier Fenstern steht.

„Was suchst du?", frage ich und bin irritiert.

Doch Isabella antwortet mir nicht und holt stattdessen ein in ein schwarzes Tuch gewickeltes Objekt aus der Truhe. Einen Moment später hält sie einen Laptop in der Hand, was ich mit großer Verwunderung zur Kenntnis nehme, da bereits ein ähnliches Produkt auf dem Couchtisch steht.

„Du erklärst mir schon, was du jetzt vorhast?", bitte ich sie und betrachte sie skeptisch. „Wenn du damit online gehst …"

„Pssst. So dumm bin ich nicht. Außerdem können sie uns schon über unsere Smartphones überwachen. Du wirst gleich sehen, was ich vorhabe", knurrt sie, schaltet den Laptop an und wartet, bis das Gerät betriebsbereit ist. Dabei trommelt sie ungeduldig mit ihren manikürten roten Fingernägeln auf der Holzplatte ihres Couchtisches herum.

Etwas verwirrt beobachte ich sie, wie sie auf der Tastatur wild darauf los tippt und bin dann völlig perplex, was ich auf dem Bildschirm des Laptops entdecke.

„Was zur Hölle machst du im *Darknet*?", rufe ich und bin entsetzt.

„Wir finden jetzt heraus, wer dieser Vincenzo Conti ist und in den Tiefen des *Darknets* kennt uns niemand", murmelt sie und tippt verschiedene Zahlencodes und Namen ein.

„Du machst das nicht zum ersten Mal?", frage ich leise.

„Sí. Um bestimmte Kreationen für meine Pasticceria herzustellen, benötige ich nur die allerbeste Ware und diese kann man nicht immer auf legalem Weg kaufen. Zum Beispiel Safran, auch das *rote Gold* genannt, gibt es in unterschiedlichen Qualitäten. Ich brauche es für diverse Süßspeisen und das Kilogramm kostet mehrere tausend Euro. Außerdem ist es nicht immer verfügbar und dafür habe ich einen Händler gefunden, der mich damit beliefert, ohne irgendwelche Fragen zu stellen. Und so handhabe ich das mit einigen anderen Zutaten auch …"

„Ähm … sí …", sage ich und schlucke schwer. „Du überraschst mich immer wieder. Trotzdem verstehe ich den Zusammenhang nicht …"

„Wie auch? Dieser Händler, mit dem ich jetzt seit fünf Jahren zusammenarbeite und ihn noch nie in meinem Leben gesehen habe, erledigt auch noch andere Dienste für mich …"

„Was denn?", frage ich neugierig und bin mir nicht sicher, ob ich die Antwort wirklich wissen will.

„Nachdem ich vor fünf Jahren auf einer offenen Rechnung über zehntausend Euro von einer noblen Hochzeitsgesellschaft sitzen geblieben bin, habe ich mir angewöhnt, ab einer bestimmten Auftragssumme die Bonität der Kunden abzufragen. Da dies illegal ist, erzähle ich das auch nur ungern und ich nutze diese Gefälligkeit meines Händlers, die nicht billig ist, auch nur in Ausnahmefällen …", sagt Isabella, starrt dabei unentwegt auf den Desktop ihres Laptops, bis sie flüstert: „Er ist da! Aurora, egal, was du jetzt lesen wirst … sei leise!"

„Denkst du, wir werden abgehört?", flüstere ich und halte vor Anspannung für einen Moment den Atem an.

„No! Aber er hat nie viel Zeit und deshalb muss alles sehr schnell gehen."

„Ich werde schweigen", schwöre ich und starre mit einer Portion Skepsis und Neugier auf den Desktop, als Isabella die ersten Buchstaben eintippt:

Isabella:	*Ich brauche eine Auskunft über eine männliche Person. Die Bezahlung erfolgt wie immer im Anschluss dieses Chats.*
Händler:	*Sí. Wie heißt die Person?*
Isabella:	*Vincenzo Conti!*
Händler:	*Was willst du wissen?*
Isabella:	*Alles!*

Händler: Vincenzo Conti entstammt aus einer angesehenen sizilianischen Familie, die sehr einflussreich ist. Sie besitzt mehrere Weingüter und Immobilien.

Isabella: Wo genau befinden sich die Weingüter?

Händler: Auf Sizilien und in der Toskana. Die Immobilien sind in Florenz, Mailand, Rom, London und New York angesiedelt.

Isabella: Genauere Angaben, bitte!

Händler: Wie genau?

Isabella: Die Adresse in Florenz und wo liegt das Weingut in der Toskana?

Händler: Diese Informationen sind streng vertraulich!

Isabella: Wie viel kosten sie?

Händler: Warum willst du unbedingt diese Informationen?

Isabella: Weil eine mir nahestehende Person involviert ist und ich sie schützen möchte.

Händler: Das Weingut heißt Castello di Merrazzano.

Isabella: Und was ist mit dem Gebäude in Florenz?

Händler: Es befindet sich auf der Via Ghibellina 14.

Isabella: Das ist die Adresse meiner Pasticceria!

Händler: Ich weiß!

Isabella: Noch eine Frage. Wer ist Ricardo

Caputo?

Händler: *Sein richtiger Name ist Ricardo Barone und die Familie Barone ist der Kopf eines sizilianischen Mafia-Clans.*

Isabella: *Was muss ich zahlen?*

Händler: *Nichts! Pass auf dich und deine Freundin auf!*

***

Der Schock über das eben Erfahrene verschlägt Isabella genauso die Sprache wie mir und das kommt bei uns beiden wirklich selten vor. Mit viel Schwung klappt sie den Laptop zu und verstaut ihn anschließend wieder in der alten Holztruhe. Dann schnappt sie sich den Picknickkorb und gibt mir in Zeichensprache zu verstehen, dass ich ihr folgen soll.

Was hat sie vor?

Die Frage beantwortet sich von selbst, als ich hinter uns die Tür zum Bad schließe, denn dieser Raum ist ohne Fenster und ohne technische Geräte, die man hacken könnte, um uns abzuhören. Sollten allerdings irgendwo Wanzen installiert sein, dann wäre auch das Badezimmer kein sicherer Ort. Doch soweit möchte ich im Moment nicht denken.

Wortlos reicht mir Isabella eine von den mitgebrachten Weinflaschen – die andere behält sie selbst – und ich hole aus dem Picknickkorb den Korkenzieher, um die Flaschen zu öffnen.

„Brauchst du ein Glas?", fragt Isabella mit tiefer Stimme.

„No! Ich trinke aus der Flasche!"

„Das ist auch angebracht!", antwortet Isabella und sobald ich den Rotwein entkorkt habe, stoßen wir mit den Flaschen an und trinken daraus.

Ich habe keine Ahnung, wie viel ich davon getrunken habe, als ich die Flasche abstelle und mich neben sie auf die kühlen Fliesen setze.

Isabella tut es mir gleich und zögerlich reiche ich ihr meine Hand, die sie sofort nimmt und fest drückt.

„Wir brauchen einen Plan", flüstert sie.

„Ich weiß! Nur vorher müssen wir reden", dränge ich. „Hattest du eine Ahnung wegen des Standorts deiner Pasticceria?", frage ich.

„Eigentlich nicht ...", wendet Isabella ein. „Trotzdem war es sehr seltsam, dass jede Forderung von mir an meinen vermeintlichen Vermieter, der, wie wir nun wissen, in Wirklichkeit die Familie Conti ist, ohne Einwände erfüllt wurde. Besonders stutzig wurde ich, als ich nach neuen Markisen fragte und diese schon eine Woche später montiert wurden ..."

„Das stimmt. Darüber haben wir uns beide gewundert, zumal das keine preiswerte Investition war und du auch nicht mehr Miete zahlen musstest. Ich glaube ...", sage ich, greife zu der Flasche Wein und nehme einen Schluck, „ich muss da noch eine Sache mit Signore Francesco Conti klären, denn ich hege einen speziellen Verdacht."

„In Bezug auf deine Mutter?"

„Sí! Ich finde es heraus. Außerdem ...", nuschle ich, weil ich die Weinflasche an den Lippen habe, um erneut einen Schluck zu trinken, „werde ich persönlich dem Castello di Merrazzano eine nicht bestellte Weinlieferung zukommen lassen ..."

Nur der Gedanke daran, dass wir dorthin seit Langem Wein liefern und ich schon unzählige Male persönlich auf dem Castello war, um die Ware zu übergeben, macht mich innerlich so wütend. Die Familienmitglieder müssen sich doch mutwillig vor mir versteckt haben.

„Wieso tauchen die Contis plötzlich jetzt bei uns persönlich auf?", frage ich mich laut und trinke erneut aus der Weinflasche.

„Vielleicht liege ich mit meiner Vermutung falsch, aber ich glaube, es muss irgendetwas passiert sein und das könnte mit deinem Mafiosi Ricardo zu tun haben", sagt Isabella und nimmt einen großen Schluck aus ihrer Flasche.

„Hör auf!", wiegle ich sofort ab. Darüber nachzudenken, dass Ricardo aus einer Mafia-Familie stammt, weigere ich mich.

„Ich hatte immer diesen Verdacht", sagt Isabella trotzig.

Ich weiß und meine Familie auch. Nur wollte ich es nie hören.

„Woher nehmen wir denn die Gewissheit, dass die Familie Conti nicht auch zur Mafia gehört?", frage ich.

„Ich traue den Aussagen meines Händlers und dass er kein Geld von mir wollte, macht mich sehr stutzig. Wir müssen unbedingt mit deiner Mutter reden", schlägt Isabella vor.

„Sí oder mit Donatella. Ich glaube, sie weiß mehr und außerdem erzählt sie mir vielleicht von dem Geheimnis, wovon Matteo faselte. Ich habe das Gefühl, dass alles irgendwie zusammengehört …"

„Ich wette, dass der schwarz gekleidete Motorradfahrer ebenfalls eine Schlüsselrolle spielt", sagt Isabella und beginnt, den Picknickkorb auszuräumen. „Ich muss jetzt unbedingt etwas essen, sonst bin ich nach den nächsten drei Schlucken Rotwein betrunken."

Ich sehe ihr dabei amüsiert zu, denn ich befürchte, sie ist jetzt schon mächtig angeheitert, weil sie von jeder Köstlichkeit, die Maria gekocht hat, probiert. Dabei nimmt Isabella keine Rücksicht darauf, ob es sich um eine Süßspeise oder Antipasti handelt.

„Ich dachte immer, Schwangere haben so eine nicht nachvollziehbare Essangewohnheit", frotzle ich.

„Also, der Maler …", nuschelt Isabella mit viel Tiramisu im Mund, „kann es nicht gewesen sein, denn dafür ist er noch zu schüchtern …"

„Er ist ja auch noch jung, ein Student", werfe ich ein und könnte mich in der nächsten Sekunde ohrfeigen, weil ich mich verplappert habe. Anderseits hat Isabella auch das Recht, von meiner Aktion zu erfahren, besonders nach dem, was sie heute für mich getan hat.

„Woher weißt du das? Außerdem, iss du mal was mit! Ich schaffe das nicht alleine."

„Ich habe ihn heute gestalkt!", gestehe ich frei heraus.

Isabella hört sofort auf zu kauen und sieht mich mit großen Augen an. „Du hast was?"

„Ich wollte dich vor einer Enttäuschung bewahren", druckse ich und füge schnell hinzu: „Er heißt Giulio und hat das Glück, seinen Traum als Maler zu leben."

„So ein Träumer neutralisiert wenigstens etwas unser kriminelles Umfeld", sagt Isabella und schiebt sich ein Stück gefüllte Aubergine in den Mund.

Kriminelles Umfeld, wiederhole ich in Gedanken und kann es kaum fassen.

Capitolo 9

Der nächste Morgen kostet uns eine Menge Über-
windung, um überhaupt aus dem Bett aufzustehen,
denn die Nacht war lang. Außerdem fehlt uns etwas
die Lust, mit unserem *kriminellen Umfeld* irgendwel-
chen Kontakt zu pflegen, denn nüchtern betrachtet
sind die Erkenntnisse zu grotesk.

Doch das Schicksal scheint es so zu wollen und
deshalb fährt Isabella jetzt nach Florenz in ihre
renommierte Pasticceria, während ich versuche,
telefonisch ein Taxi zu ordern, was hier in der
Provinz nicht so einfach ist.

Natürlich könnte ich auch Vincenzo anrufen, dessen Nachricht ich zum Trotz erst heute früh gelesen
habe, aber da laufe ich lieber die fünf Kilometer, als
mich zu ihm in seinen Sportwagen zu setzen. Nicht,
weil ich den Mann an sich unattraktiv oder unsym-
pathisch finde – eher das Gegenteil ist der Fall, was
zu der gegenwärtigen Situation absolut nicht passend
ist –, sondern ich das Gefühl habe, dass er mich
schon eine lange Zeit beobachtet und Dinge über
mich weiß, von denen ich nicht die leiseste Ahnung
habe.

„Pass auf dich auf!", mahnt Isabella und gibt mir
einen Kuss auf die Wange.

„Du auf dich auch und sobald es irgendwelche
Neuigkeiten gibt, dann vereinbaren wir ein Treffen",

wiederhole ich unsere Abmachung, die wir in der Nacht getroffen haben.

Isabella nickt mir vielsagend zu und tippt mit dem Zeigefinger auf ihre Armbanduhr, um mir zu sagen, dass wir uns beeilen müssen, weil sie pünktlich in Florenz sein möchte.

Ich hingegen spüre heute keinen Zeitdruck und überlege laut: „Eigentlich könnte ich bei dir noch ein kleines Frühstück zu mir nehmen, bis das Taxi hier ist."

Meine Freundin verdreht bei meiner Überlegung die Augen und schnarrt: „Denk nicht nach, sondern iss etwas!"

Ich habe es verstanden.

Zusammen verlassen wir daraufhin ihre Wohnung und während Isabella den Hinterausgang des Gebäudes wählt, weil dort ihr Cabrio parkt, begebe ich mich in die Küche der Pasticceria und werde dort freudig von dem Personal begrüßt. Viel Zeit, um ein wenig zu schwatzen, haben wir nicht, denn es herrscht der übliche samstägliche Hochbetrieb, weil sich in ungefähr einer Stunde die Kunden wie ein Ameisenvolk auf die köstlichen süßen Versuchungen stürzen werden.

Deshalb will ich auch nicht weiter stören und begebe mich in den vorderen Bereich der Pasticceria. Dort setze ich mich an einen kleinen Tisch am Fenster – so kann ich die Straße einsehen, damit ich mein Taxi nicht verpasse – und warte auf Anna, die in Abwesenheit von ihrer Chefin das Geschäft leitet.

Es dauert wirklich nur einen Moment, bis sie mit einem übervollen Tablett vor mir steht und mit versteinerter Miene serviert. Irritiert davon – woher will sie wissen, was ich essen und trinken möchte – entdecke ich ein Glas mit Wasser, worin eine Tablette sprudelt. „Buongiorno, Anna, aber das habe ich nicht bestellt", sage ich und sehe sie fragend an.

„Ich weiß …", flüstert sie, „aber der Signore, der da drüben am Tisch sitzt, bestand darauf, dass ich dir seine aufgegebene Bestellung bringe, sobald du hier auftauchst. Kennst du ihn?"

Eigentlich kann ich mir den Blick zu dem Tisch gegenüber schenken, denn ich ahne, wer dort sitzt.

Vincenzo.

Leider siegt wieder einmal meine Neugier und ich schiele verstohlen zu ihm rüber, was er sofort bemerkt. Durch seine dunkle Sonnenbrille kann ich zwar seine Augen nicht sehen, aber ich fühle seinen intensiven Blick, der auf mir ruht. Als er mir im nächsten Moment ein reizendes Lächeln schenkt, kann ich nicht anders und erwidere seinen Gruß mit einem dümmlichen Grinsen, damit er nicht bemerkt, dass mich schon seine Anwesenheit nervös macht. Außerdem entspricht er mit seinem coolen Look – er trägt über einem Tank Top ein offenes helles Leinenhemd und dazu eine zerrissene Jeans – meinem Beuteschema, was ihm trotzdem diese übergriffige Handlung, mir einfach ein Frühstück zu bestellen, nicht erlaubt. Deshalb stelle ich mit einer provokanten Handbewegung das volle Glas mit der Kopfschmerztablette auf die andere Seite des Tisches, denn die brauche ich nicht, weil ich gestern Nacht nur so viel getrunken habe, dass ich trotzdem noch klar denken konnte.

Dann wende mich wieder Anna zu und frage sie: „Ist in dem Latte macchiato …?"

„Dein Lieblingsgeschmack … Amaretto …", beantwortet sie sofort meine Frage, bevor ich sie zu Ende stellen kann.

„Dann hat er auch schon bezahlt?"

„Sí. Und ich wollte sein Trinkgeld nicht annehmen …"

„Weil es viel zu hoch war …"

„Genau. Woher weißt du das?", fragt Anna.

Mit knappen Worten berichte ich ihr vom gestrigen Besuch Vincenzos hier in der Pasticceria und bitte sie danach: „Kannst du mir einen Latte macchiato to go machen? Ich möchte das Croissant und den Kaffee mit nach draußen nehmen, während ich auf mein Taxi warte."

„Alles klar! Ich bin sofort wieder bei dir", sagt Anna und räumt das Tablett wieder ab, wovon ich mir vorher noch das frisch duftende Croissant nehme. Dann schnappe ich mir meinen leeren Picknickkorb sowie meinen Rucksack und verlasse, ohne einen Blick an Vincenzo zu verschwenden, die Pasticceria zum Vorderausgang. Dort suche ich mir einen Schattenplatz unter einer der weißen Markisen und es dauert wirklich nicht lange, bis Anna neben mir steht und mir meine Bestellung überreicht. Dabei flüstert sie mir zu: „Auch wenn dieser Kerl auf einer Skala von eins bis zehn eine glatte Zwanzig ist, so ist er mir trotzdem suspekt. Irgendetwas warnt mich und deshalb sage ich dir, pass bitte auf dich auf!"

„Versprochen!", antworte ich und strahle Anna an, die mir sofort eine feste Umarmung verpasst, die ich

96

zu gern erwidere. Danach verschwindet sie wieder und gerade, als ich in mein Croissant beißen will, baut sich neben mir eine große männliche Person auf, die sich eine Zigarette anzündet.

Vincenzo.

Zu meinem Verdruss weht mir der warme Wind zusätzlich zum Qualm eine Prise von seinem erfrischenden Parfum in die Nase und mein Puls beginnt automatisch schneller zu schlagen. Den plötzlich aufkommenden leichten Schwindel versuche ich, mir mit einem niedrigen Blutzuckerspiegel schönzureden und beiße – wie eine Schnappschildkröte in ihr Salatblatt – in mein Croissant, welches mir am Gaumen kleben bleibt, weil mein Mund vor Aufregung trocken ist. Bevor ich jetzt vor ihm einen jämmerlichen Erstickungstod erleide – was natürlich völlig übertrieben ist –, versuche ich, mit dem Latte macchiato den Flüssigkeitsverlust auszugleichen und verbrenne mir erst die Zunge, bevor ich mich heftig verschlucke, was einen fürchterlichen Hustenanfall zur Folge hat. Jetzt klinge ich tatsächlich so, als würde ich gleich meine letzten Atemzüge machen.

Vincenzo scheint das nicht egal zu sein, denn er schmeißt erst seine nicht aufgerauchte Zigarette weg, nimmt mir dann den Kaffeebecher sowie das Croissant aus den Händen und stellt beides auf die Fensterbank. Eine Sekunde später klopft er mir – wie bei einem Kleinkind, was sich verschluckt hat – auf den Rücken und schreit gleichzeitig laut nach einer Servicekraft aus der Pasticceria, dass er ein Glas Wasser benötigt, aus welchem ich kurz darauf einen Schluck trinke.

Glücklicherweise beruhigt sich daraufhin mein Husten und Vincenzo drückt mir ein weißes Stofftaschentuch in die Hand, womit ich mein mittlerweile tränenüberströmtes Gesicht vorsichtig abtupfe.

„Grazie …", röchle ich und fühle mich in diesem Moment so kindisch und dumm. Vor einem Jahr lernt mich dieser Mann als eine in Rotwein und Liebeskummer ertrinkende Frau kennen und nun bin ich nicht einmal fähig, mich in seiner Gegenwart emanzipiert zu verhalten.

„Geht es dir wieder besser?", fragt er fürsorglich.

„Sí!", krächze ich und klinge in diesem Moment wie meine Großmutter Donatella.

„Matteo wird dich gleich nach Hause bringen", sagt er und reicht mir wieder meinen Becher und das angebissene Croissant.

„Matteo?", wiederhole ich röchelnd. „Ich habe mir ein Taxi bestellt."

„Das wird nicht kommen", entschuldigt er sich und in diesem Augenblick weiß ich, dass er dafür – wie auch immer – gesorgt hat.

Leider bin ich stimmlich noch nicht in der Lage, lautstark mein Unverständnis zum Ausdruck zu bringen und werfe ihm stattdessen einen vernichtenden Blick zu, während ich sein Taschentuch in meine linke Hosentasche meiner Shorts stopfe. Dann nehme ich ihm den Becher und das Plunderhörnchen aus der Hand und wende mich genervt ab. Dass genau in diesem Moment direkt vor mir ein Pick-up hält, scheint kein Zufall zu sein.

„Aurora! Du brauchst nicht versehentlich ein Taxi?", ruft mir Matteo freudestrahlend durch das offene Autofenster entgegen und sieht erst zu mir und dann weiter zu Vincenzo. Vielleicht bilde ich es mir auch nur ein, aber ich glaube, aus dem Augenwinkel heraus gesehen zu haben, dass Vincenzo meinem Weinküfer ein verstecktes Handzeichen gegeben hat.

Haltet mich ruhig für dumm!

Ohne mich von Vincenzo zu verabschieden, laufe ich mit ernster Miene um den Wagen herum und setze mich auf den Beifahrersitz. „Du hältst auf der verkehrten Straßenseite", pflaume ich Matteo an.

„Ich habe dich zu spät erkannt", flötet dieser und versucht, mit einer lockeren, undefinierbaren Körperbewegung seine Gelassenheit zu demonstrieren. Als mein Blick auf seine Hände fällt, die das Steuer des Pick-ups fest umklammern, wird mir klar, dass seine Coolness nur vorgespielt ist.

„Wie lange wollt ihr euch eigentlich vor mir noch zum Gespött machen?", frage ich, als er losfährt und sein Gesichtsausdruck plötzlich verkniffen auf mich wirkt.

„Aurora! Es tut mir leid ...", sagt er leise. „Es ist wirklich zu deiner Sicherheit. Niemand möchte, dass dir etwas passiert."

„Ihr seid mir eine Erklärung schuldig und gerade von dir habe ich erwartet, dass du mich nicht belügst. Du bist nicht zufällig hier, oder?"

„No!", knirscht Matteo.

„Vincenzo hat dich geschickt!"

„Müssen wir das jetzt wirklich besprechen?", fragt er und seine Stimme klingt weinerlich.

„Dann mache mir einen Vorschlag, wann der

geeignete Zeitpunkt ist."

„Das habe nicht ich zu entscheiden, sondern deine Mutter."

Meine Mutter!

Somit bestätigt sich der Verdacht von Isabella und mir, dass Cara die Schlüsselfigur in diesem Drama sein könnte.

***

Nachdem ich eine sehr schweigsame Fahrt mit Matteo zu unserem Weingut zurückgelegt habe, überlege ich nun, ob ich dem Castello di Merrazzano eine nicht bestellte Weinlieferung zukommen lassen soll oder ich meine Mutter Cara zur Rede stelle.

Da Francescos Limousine noch in der Auffahrt steht, erübrigen sich weitere Überlegungen und ich bringe zuerst den Picknickkorb in die Küche zurück, begebe mich danach kurz in meine Wohnung, um mich frisch zu machen und renne dann in den Weinkeller, um eine bestimmte Weinsorte für das Castello zu holen.

Bereits kurze Zeit später sitze ich in meinem Sportwagen und bin mir sicher, dass mein Verschwinden schnell bemerkt wird, zumindest verrät mich das Gebrüll des Motors. Da aber niemand weiß, was mein Ziel ist, habe ich einen gewissen Vorsprung. Deshalb rase ich die vor mir liegende kurvenreichen Strecke bis zum Castello di Merrazano entlang, welches nur knapp vier Kilometer von unserem Weingut entfernt liegt.

Vielleicht empfinde ich es auch nur heute so, aber

die unzähligen Mohnblumen auf den umliegenden Feldern leuchten besonders rot in der Mittagssonne. Automatisch erwische ich mich dabei, wie ich nach Isabellas Maler Ausschau halte, was totaler Blödsinn ist, denn er hat an einer ganz anderen Stelle seine Staffelei aufgestellt.

Nachdem ich die Mohnblumenfelder passiert habe, fahre ich direkt durch die Weinberge, die zu dem Castello und damit zu der Familie Conti gehören. Jetzt verstehe ich auch, warum ich bisher nur mit dem Geschäftsführer Toni Remi in Verbindung stand und nicht mit den Contis persönlich, denn die Familie hütet wahrscheinlich nicht nur ein Geheimnis.

Sobald ich die schmale und steile Auffahrt zum Castello hinter mich gebracht habe, halte ich wie immer vor dem Hauptgebäude, aus dessen Dach ein kleiner Wachturm ragt.

Tatsächlich erwartet mich – wie sonst auch bei einer Weinlieferung – Toni und als er mich erkennt, sieht er recht verwundert aus, wenn ich seinen Gesichtsausdruck und seine Körpersprache richtig deute.

Wartet er auf jemand anderes oder wurde er zur Tarnung vorgeschickt?

Mit einem besonders breiten Lächeln steige ich aus meinem Auto und winke Toni überschwänglich zu.

Zögerlich grüßt er zurück, sieht sich danach unsicher um, bevor er mir zuruft: „Wir haben heute aber keinen Termin, oder?"

„Leider nicht", antworte ich, schließe die Autotür und laufe auf ihn zu. Als ich vor ihm stehe, bemerke ich seine Nervosität und jetzt frage ich mich schon, auf wen er tatsächlich wartet, denn er ist sonst einer der ausgeglichensten Menschen, die ich kenne und mit seinem außergewöhnlichen Aussehen – er hat bis zu den Schultern reichende gewellte, dunkle Haare und trägt einen Vollbart – könnte man denken, er stammt aus der Zeit, wo dieses Castello erbaut wurde.

„Ich muss zu Vincenzo Conti", sage ich mit gespielter Freundlichkeit und hoffe darauf, dass er bereits zurück ist.

„Hier wohnt kein Vincenzo", herrscht mich Toni an und sieht sich wieder unsicher um.

So unfreundlich hat er noch nie mit mir gesprochen.

„Komisch …", sage ich und gebe mich nachdenklich. „Dann muss ich ihn nochmal anrufen. Vielleicht habe ich auch die Adresse falsch verstanden …"

„Du hast seine Telefonnummer?" Toni ist die Überraschung anzumerken.

„Natürlich! Die Contis waren doch gestern Abend bei uns zu Gast und ihnen hat der Wein …"

„Schon gut!", unterbricht er mich. „Vincenzo ist hinten im Garten!"

Ach was?

„Es dauert auch nicht lange", sage ich zu Toni, lächle ihn kurz an und will loslaufen, doch er fasst mich am Arm und hält mich fest. „Bitte warte hier!", sagt er mit fester Stimme, um mich gleich wieder loszulassen.

Mit großer Verwunderung nehme ich sein befremdliches Verhalten zur Kenntnis und überlege, ob ich mich dazu äußern soll, als plötzlich jemand meinen Namen ruft.

Vincenzo.

„Was suchst du hier?", herrscht er mich genauso unfreundlich an wie zuvor Toni.

Komisch. Er fragt nicht, woher ich weiß, dass er hier wohnt?

„Ich will Antworten!", blaffe ich Vincenzo an.

„Aber nicht jetzt!", entgegnet er und tauscht mit Toni vieldeutige Blicke aus. Dann fragt er mich plötzlich, ob ich ihm die Fernbedienung von meinem Sportwagen geben kann.

„Wozu brauchst du die?", will ich logischerweise wissen.

„Dein Auto muss von hier verschwinden", sagt er mit tiefer Stimme und hält mir seine rechte Hand hin, damit ich seiner Forderung nachkomme.

„Ich fahre gleich wieder!", sage ich trotzig, weil mir das befremdliche Verhalten von beiden Männern missfällt.

„Das ist jetzt zu spät", blafft Vincenzo. „Aurora! Jetzt! Bitte!"

Nur zögerlich greife ich in die Hosentasche meiner Jeans-Shorts, ziehe die Fernbedienung heraus und übergebe sie ihm mit einem bösen Blick, wobei er vor Erleichterung erst aufatmet, bevor er Toni befielt: „Bringe sie ins Gebäude und sorge dafür, dass sie dort bleibt, bis ich wiederkomme."

„Was soll dieser Blödsinn?", wehre ich mich, weil Toni tatsächlich Vincenzos Anweisung befolgen will.

„Aurora! Das ist kein Scherz! Du wirst gleich

sehen, warum wir zu dieser Sicherheitsmaßnahme greifen müssen", erklärt mir Toni mit flehendem Tonfall, während ich Vincenzo beobachte, wie er mit ernster Miene in mein Auto steigt und es im rasanten Tempo rückwärts um die nächste Ecke fährt.

Spätestens jetzt befällt mich ein mulmiges Gefühl und nur deshalb folge ich Toni, der vor mir die schwere hölzerne Eingangstür des Castellos öffnet.

Zögerlich trete ich ein und befinde mich in einer großen Eingangshalle, an deren Wänden alte Wappenschilder verschiedener Familiendynastien hängen. Leider habe ich nicht die Gelegenheit, diese näher zu betrachten – was ich irgendwann nachholen werde –, denn Toni drängt mich weiter und führt mich zu einer Holztür auf der rechten Seite der sonst spärlich eingerichteten Halle.

„Von diesem Zimmer aus kannst du gleich alles gut beobachten", erklärt er mir und öffnet die Tür.

Beobachten? Finden jetzt hier Ritterspiele statt?

„Um ehrlich zu sein, verstehe ich kein Wort von dem, was ihr erzählt", murmle ich und folge Toni in den Nebenraum. Hier ist es – wie in der Eingangshalle – ebenfalls angenehm kühl.

Sofort fällt mir der riesige schwere Schreibtisch auf, der sich mitten im Raum befindet und bestimmt mehrere hundert Jahre alt ist. Darauf stehen drei große Computer-Bildschirme und unzählige Papiere liegen offen herum. „Ist das dein Büro?", frage ich zögerlich.

„Sí! Und von hier aus habe ich den besten Blick und weiß genau, wer kommt und wer geht", erzählt mir Toni und ich höre einen gewissen Unterton, den man als *stolz* bezeichnen kann.

„Wie lange arbeitest du schon für die Contis?", will ich wissen, während ich mich im Zimmer verstohlen umsehe.

„Gefühlt mein ganzes Leben", antwortet Toni und lacht dabei. „Ich bin mit Vincenzo aufgewachsen. Die Contis sind sozusagen meine zweite Familie."

Interessant.

„Weißt du, was ich nicht verstehe …?", beginne ich und laufe langsam zu den Fenstern, die mit hellen Butzenscheiben bestückt sind. „Warum durfte ich nie in das Castello? Du hast mich immer an der großen Eichentür abgefertigt …"

„Aurora! Du willst Antworten von mir, zu denen ich nicht befugt bin. Ein Grund für meine Abweisung ist, dass es einfach zu gefährlich für dich ist."

„Gehört das Castello einem Drachen oder gibt es noch Schlossgeister, die ruhelos durch die Flure spuken?", versuche ich zu scherzen.

Toni lacht aber nicht, sondern legt seinen Zeigefinger auf seinen Mund, um mir zu deuten, dass ich schweigen soll. Dann öffnet er ein Butzenfenster einen kleinen Spalt und ich kann ein herannahendes Fahrzeug hören, welches in der Nähe des Fensters parkt. Zu meiner Enttäuschung sehe ich durch das Butzenglas nur Umrisse, doch Toni scheint Erbarmen mit mir zu haben und winkt mich zu sich. Dann flüstert er mir zu, dass ich mich hinter ihn stellen soll und keinen Laut von mir geben darf, egal was ich sehe oder höre.

Gerade will ich einen weiteren Scherz über das Schlossgespenst machen, als ich plötzlich eine

Pistole in Tonis rechter Hand entdecke. Vor Schreck möchte ich losschreien, doch stattdessen halte ich mir den Mund zu und versuche, ruhig zu atmen.

„Alles gut bei dir?", fragt Toni leise, ohne den Blick vom Fenster abzuwenden.

„Was hast du da in der Hand?", röchle ich.

„Keine Angst. Ich kann damit umgehen", antwortet er mit tiefer Stimme.

Das hoffe ich doch.

Als ich plötzlich Vincenzos Stimme höre, die sehr bestimmend klingt, versuche ich, einen Blick auf ihn zu erhaschen und entdecke statt ihm einen anderen Mann, von dem ich dachte, dass ich ihn nie wiedersehen werde. Schlagartig stockt mir der Atem und ich schaffe es gerade noch, mich auf den Boden zu setzen, bevor sich die Einrichtungsgegenstände des Büros um mich zu drehen beginnen. Nur noch von Weitem höre ich Tonis Stimme, die mir versichert: „Aurora! Er kommt hier nicht rein! Du bist in Sicherheit!"

Capitolo 10

Ich habe mit Drachen, Monstern oder Schlossge-
spenstern gerechnet, aber nicht mit Ricardo. Völlig
benommen trinke ich aus der Wasserflasche, die mir
Toni reicht und ärgere mich, weil mein Verhalten
eher einer naiven Teenagerin gleicht, die plötzlich
ihre erste große Liebe wiedersieht. Dadurch verpasste ich das Streitgespräch zwischen Vincenzo und
Ricardo und ich habe nun keine Ahnung, warum
mein Ex-Freund gerade heute hier auf dem Castello
auftaucht. Allerdings stelle ich mit einer gewissen
Freude fest, dass meine Gefühle für ihn tatsächlich
kaum noch existieren und trotzdem interessiert es
mich, wie er wohl aussieht. Kaum zu glauben, dass
ich wegen diesem Mann, der mich so belogen hat,
fast ein Jahr lang getrauert habe.

„Aurora! Er ist wieder weg", höre ich Vincenzo
sagen und als ich aufsehe, kniet er vor mir und reicht
mir erneut ein weißes Stofftaschentuch.

Sammelt er die etwa?

„Mir geht es schon wieder gut", nuschle ich und
versuche zu lächeln.

„Anlügen kannst du deine Familie, aber nicht
mich", antwortet er missmutig und fordert mich auf,
die Flasche Wasser auszutrinken.

Verstohlen trockne ich erst mit seinem Taschentuch meine Tränen, obwohl ich gar nicht bemerkte,

dass ich geweint habe und trinke dann artig aus der Flasche mit Wasser. „Bist du jetzt zufrieden?", maule ich ihn an und versuche, mich wieder gefühlsmäßig zu fangen, was nicht einfach ist, weil er mich unentwegt beobachtet.

„Labst du dich gerade an meinem Elend?", frage ich.

„Das würde nur ein Idiot tun und der bin ich nicht. Sobald es dir besser geht, bringe ich dich nach Hause", sagt er und betrachtet mich noch immer.

„Ich will nicht nach Hause, sondern Antworten, Vincenzo", flehe ich förmlich. „Was wollte Ricardo von dir und woher kennt ihr euch?"

„Bist du dir sicher, dass du das wirklich wissen möchtest?", fragt er.

„Sí!", antworte ich knapp.

„Sí!", murmelt er und legt eine Kunstpause ein, bevor er weiterredet. „Ricardo hat mir indirekt gedroht, weil ich ihm ein vielleicht lukratives Geschäft weggeschnappt habe ..." Das sagt er mit viel Ruhe in der Stimme.

„Du machst mit der Mafia Geschäfte?", patze ich.

„Wie kommst du denn darauf?", empört sich Vincenzo.

Verdammt! Was mache ich jetzt? Verrate ich ihm, dass ich weiß, wer Ricardo wirklich ist oder schweige ich besser?

Ich riskiere es!

„Ricardo spielt falsch!", sage ich forsch und warte auf eine Reaktion von Vincenzo, doch dieser bleibt zu meiner Überraschung immer noch ruhig. Anstatt mich zu fragen, wie ich zu dieser Behauptung komme, will er plötzlich von mir wissen: „Was weißt du über die sizilianische Mafia?"

„Nur, was man durch die Medien erfährt …", antworte ich abwartend, weil ich total verwirrt bin von seiner Ignoranz.

„Das dachte ich mir schon. Ich erzähle dir etwas dazu …", sagt er.

Er weicht mir aus!

„Du weißt, wer Ricardo in Wirklichkeit ist!", konfrontiere ich ihn.

„Sí!", antwortet er kurz und vermeidet es, mich anzusehen.

„Woher?", blaffe ich.

„Woher hast *DU* die Information?"

„Man beantwortet keine Frage mit einer Gegenfrage. Das ist unhöflich", kritisiere ich Vincenzo, um ihn aus der Reserve zu locken.

„Lass uns diese sinnlose Fragerei beenden und einfach den Tatbestand akzeptieren, dass Ricardo zu einer Mafia-Familie gehört", bittet Vincenzo und dabei trifft mich sein kompromissloser Blick.

Ich habe verstanden. Er wird es mir nicht verraten.

„Du wolltest mir etwas über diese Mafia-Organisation erzählen", lenke ich ab. Das heißt aber nicht, dass ich mich mit seiner Abfuhr zufriedengebe. Es gibt zum Glück – dank Isabella – andere Möglichkeiten, um an Informationen zu kommen. Trotzdem verwundert es mich, dass Vincenzo mir unbedingt mehr über das Thema *Mafia* berichten will und der Grund dafür wird nicht nur Ricardos plötzliches Auftauchen sein.

„Ich warte ...", dränge ich, denn Vincenzo ist zwischenzeitlich aufgestanden und wirkt abwesend.

„Vielleicht hast du schon einmal davon gehört ...", beginnt er und blickt auf mich herab, „dass Ende der neunziger Jahre ... ein neuer Boss oder auch Capo genannt ..."

„Ein was?", unterbreche ich ihn, denn der Begriff ist mir fremd.

Vincenzo wirkt von meiner Frage etwas genervt, fährt dann aber fort: „Die sizilianische Mafia ist hierarchisch aufgebaut und das bedeutet, dass es einen Boss gibt. Mittlerweile verwendet man die amerikanische Bezeichnung anstatt Capo ..."

Ah. Das habe ich verstanden.

„Und was ist jetzt mit dem Boss?"

„Das versuche ich dir zu erklären ... aber du unterbrichst mich immer", brummt Vincenzo und streicht sich dabei – anscheinend vor Anspannung – mit der Hand durch seine kurzen Haare.

„Ich werde ab jetzt schweigen", gelobe ich.

„Sí! Dieser Boss ...", fährt er fort, „hat Ende der Neunziger die Organisation zurück in den Untergrund geführt, weil sie durch die vielen brutalen Morde der Jahre zuvor den Rückhalt aus der Bevölkerung verloren hatte. Dadurch konnte sich die Mafia neu formieren und war schnell wieder in der Lage, fast alle geldbringenden Geschäftszweige zu unterwandern ..."

„Welche denn?", platze ich heraus, weil ich seine Ausführungen wirklich interessant finde und beiße mir darauf auf die Lippe, weil ich meinen Schwur zu schweigen gebrochen habe.

Vincenzo ignoriert meinen Einwurf und erklärt mir weiter: „Die Tomatenernte zum Beispiel wird auf Sizilien von der Europäischen Union finanziell gefördert und die Mafia stellt die Arbeiter dafür zur Verfügung. Ähnlich ist es im Gesundheitswesen, der Bauwirtschaft und auch in der Politik. Momentan versuchen sie, den Handel mit hochwertigem Wein weiter auszubauen, weil der chinesische Markt ein riesiges Absatzpotenzial beinhaltet. Um jetzt zurück zu deiner ursprünglichen Frage zu kommen, ob ich mit der Mafia Geschäfte mache …", sagt Vincenzo und setzt sich mir gegenüber auf den Boden, „wenn der Staat nichts unternimmt und die Mafia … sprich in Sizilien die Cosa Nostra … wieder so erstarken kann wie früher, dann werden wir bald alle Geschäfte mit ihr machen müssen … egal, ob bewusst oder unbewusst …"

„Woher weißt du das alles?", frage ich, denn mich verwundert es schon, dass jemand so ein umfangreiches Wissen über diese Verbrecherorganisation hat, wenn man damit keine Geschäfte macht.

„Das spielt jetzt keine Rolle", wehrt er auch diese Frage ab.

„Was wollte Ricardo dann von dir? Etwa Wein kaufen?"

„Nicht von mir. Er hat es auf ein ganz bestimmtes Weingut abgesehen, weil er hofft, dass dort dieses Jahr ein besonders hochwertiger Wein produziert wird. Doch das Geschäft habe ich ihm zunichte gemacht, weil ich in dieses Weingut selbst investieren werde", erzählt er und sieht mich dabei so intensiv an, dass ich für einen Moment den Atem anhalte.

„Wir reden jetzt nicht von unserem Anwesen, oder?", presse ich hervor.

„Doch! Ricardo hat dich wohl bewusst ausspioniert und hofft darauf, dass du diese besondere Sorte von Wein kelterst."

Viel schlimmer kann man doch gar nicht hintergangen werden!

Ich möchte gar nicht darüber nachdenken, was er noch alles ausspioniert hätte, wenn ich nicht seine Untreue durch ein zufälliges Telefonat mit seiner Ehefrau entdeckt hätte. Es handelte sich damals um ein Streitgespräch zwischen den beiden und auf diese Weise zu erfahren, dass mein angeblicher Partner bereits verheiratet ist, war für mich eine Katastrophe hohen Ausmaßes.

„Vincenzo! Du solltest jetzt Aurora von hier wegbringen", mahnt Toni, der an seinem Schreibtisch sitzt und sich die ganze Zeit im Hintergrund gehalten hat. „Ricardo ist gerade nach Florenz unterwegs und ich bin mir nicht sicher, ob er noch mal zurückkommt."

„Was will er in Florenz?", rufe ich, weil mich bei dem Gedanken ein ungutes Gefühl beschleicht. „Isabella wird er doch hoffentlich nicht behelligen, oder?"

„Für ihre Sicherheit wird vor Ort gesorgt", antwortet mir Toni und sieht dabei auf den riesigen Bildschirm, der vor ihm steht.

„Ihr überwacht sie?"

„Das ist eine reine Vorsichtsmaßnahme", versucht mich Vincenzo zu beruhigen.

Ich bin alles andere als beruhigt.

Capitolo 11

Die Fahrt mit dem Sportwagen zurück zu dem Anwesen meiner Familie verlief ohne nennenswerte Zwischenfälle, abgesehen von dem Wettrennen, was ich mir mit Vincenzo lieferte, um meinen angestauten Frust, die herbe Enttäuschung wegen Ricardo und die Angst um meine Familie zu kompensieren. Allerdings reichte die kurze Fahrt nicht dafür aus, meine kämpferische Stimmung zu dämpfen, denn ich bestehe besonders auf klärende Antworten von meiner Mutter.

Sobald ich mein Auto im Nebengebäude abgestellt habe, entdecke ich einen Moment später Maria, die mit schnellen Schritten aus dem Hinterausgang der Küche kommt, was ich mit großer Verwunderung zur Kenntnis nehme. „Sorgst du immer noch für das leibliche Wohl der Herrschaften oder warum bist du noch hier?", rufe ich ihr zu.

„Was? Oh … Aurora? Ihr seid zurück?", stammelt sie, schenkt mir einen seligen Blick, um sich dann nach Vincenzo umzusehen, der gerade seinen Sportwagen verlässt und weiter in Richtung des Haupthauses läuft. Während sie ihn dabei beobachtet, sagt sie nachdenklich zu mir: „Deine Familie sitzt auf der Terrasse und wartet auf dich."

„Das passt mir sehr gut, denn ich habe eine Menge Fragen an sie", grolle ich leise vor mich hin und folge missmutig Vincenzo.

In dem Augenblick, wo ich mich in Sichtweite der Terrasse befinde, stehe ich unweigerlich im Fokus von meiner Mutter, Francesco sowie Paolo und meiner Großmutter, die alle an dem großen Esstisch sitzen und mich ausnahmslos mit angespannten Mienen ansehen. Vincenzo steht ein wenig abseits und zündet sich gerade eine Zigarette an. Ich nehme an, dass Ricardos Dreistigkeit der Grund ist, warum die Stimmung so angespannt ist. Trotzdem möchte ich zuerst mit meiner Mutter ein Vier-Augen-Gespräch führen und will gerade zu ihr laufen, als Donatella plötzlich von ihrem Stuhl aufspringt und mich anblafft: „Wir gehen spazieren. Keine Widerrede!"

Ernsthaft?

„Ernsthaft!", droht Donatella, als hätte sie meinen Gedanken lesen können.

„Ich möchte erst mit Mama reden", entgegne ich.

„Das kannst du später auch noch machen", krächzt sie, hakt sich bei mir unter und marschiert mit mir in Richtung des Hauptgebäudes los. Dass dabei ihre mittlerweile herabhängenden Pudellocken lustig an ihrem Kopf hin und her wippen, zaubert mir – auch wenn mir nicht zum Lachen ist – ein verschmitztes Grinsen ins Gesicht. Sie scheint es tatsächlich eilig zu haben, denn sie zerrt mich mit großen Schritten weiter zu den angrenzenden Weingärten.

„Wo willst du denn hin?", nöle ich, denn bei der Hitze ist das kein Genuss, so schnell zu laufen.

„Dorthin, wo uns niemand zuhören kann", antwortet sie und lotst mich mitten hinein in das Weinfeld. Sie bleibt erst stehen, als wir von Rebstöcken komplett umgeben und völlig abgeschottet sind.

Ziemlich irritiert von ihrem Vorhaben sehe ich sie an, ziehe die Augenbrauen zusammen und warte auf eine Erklärung.

„Du musst mir versprechen, dass du deiner Mutter nicht böse sein wirst", beginnt Donatella mit wehleidiger Stimme, „denn es würde ihr das Herz brechen. Sie und dein Vater wollen immer nur das Beste für dich."

„Um mir das zu sagen, schleppst du mich hierher? Außerdem, wieso ist mein Vater plötzlich relevant?", frage ich und bin mehr als verwundert, weil er in meiner Familie nie ein Thema war, auch nicht, wenn ich etwas über ihn wissen wollte.

„Weil er sich große Sorgen um dich macht ...", antwortet Donatella.

„In Australien?" Dort soll er sich angeblich befinden.

„So ein Blödsinn! Das haben wir dir nur erzählt, damit du aufhörst, uns mit deiner Fragerei über ihn in den Wahnsinn zu treiben."

„Ihr seid so nett!", fauche ich.

„Ich mache es jetzt kurz", sagt meine Großmutter und schluckt schwer, bevor sie weiterspricht: „Dein leiblicher Vater ist Francesco Conti!"

Wie bitte?

Als ich das höre, weiß ich nicht, ob ich laut schreien oder weinen soll. „Wer hat dir denn diesen Blödsinn erzählt?", blaffe ich Donatella an. „Meine Mutter und Francesco haben sich doch erst vor einem Jahr in Sizilien kennengelernt ..."

„Über dieses Treffen reden wir später ...",

unterbricht sie mich. „Deine Mutter und Francesco kennen sich seit über vierzig Jahren und sind seitdem ein heimliches Liebespaar. Das ist Fakt."

Heilige Maria!

„Dann ist Vincenzo mein Bruder?", rufe ich entsetzt aus. „Donatella! Das darf nicht sein, denn ich bin in seinem Bett aufgewacht und glaube mir, da hatte ich nicht den Flanellschlafanzug an."

„Jetzt beruhige dich doch. Vincenzo ist nicht Francescos leiblicher Sohn. Das Thema muss noch etwas warten ..."

Mir reicht es jetzt schon.

Francesco ist mein Vater. Ich bin fassungslos.

„Dann erkläre mir doch bitte den Grund, warum ihr mich die ganzen Jahre angelogen habt?"

„Weil Francesco eine Vereinbarung zu erfüllen hat, die sein Vater vor über vierzig Jahren traf ...", krächzt Donatella.

„Und was habe ich damit zu tun?", fauche ich.

„Im Prinzip nichts und trotzdem betrifft es dich, meine Liebe und es tut mir so leid ...", entschuldigt sie sich und erzählt weiter: „Francescos Vater Luigi war ein Spieler und hat wohl in kürzester Zeit das gesamte Vermögen der Familie Conti verspielt. Um es wiederzubeschaffen, wollte er ein Abkommen mit dem mächtigsten Boss der sizilianischen Mafia, Marcello Rossetti, eingehen. Dieser hat sich jedoch an dessen Sohn Francesco mit einer außergewöhnlichen Vereinbarung gewandt ..."

„Moment! Donatella, Francesco hat etwas mit der Mafia zu tun?"

„Indirekt ... schon ...", druckst sie herum.

„Marcello Rossetti hat Francesco ein unerhörtes Angebot zum Schuldenerlass seines Vaters gemacht ..."

„Welches?", flüstere ich.

„Er soll seinen neugeborenen Sohn Vincenzo bei sich in der Toskana verstecken und dort großziehen ..."

„Was hast du jetzt erzählt?", unterbreche ich meine Großmutter. „Das würde bedeuten, dass Vincenzo ... zur sizilianischen Mafia ... gehört?", stottere ich und augenblicklich wird mir klar, warum dieser mir vor ungefähr einer Stunde einen ausführlichen Vortrag über diese Verbrecherorganisation gehalten hat.

„So ist es! Er ist das einzige Kind von Marcello Rossetti und somit der Erbe eines mächtigen Mafia-Imperiums."

„Seit wann weiß er davon?", frage ich vorsichtig.

„Francesco hat es ihm zu seinem 18. Geburtstag gesagt."

Das ist doch mal ein Überraschungsgeschenk! Wie er sich wohl dabei gefühlt haben muss?

„Erzähle mir alles!", dränge ich Donatella. „Wer hat ihn großgezogen und warum hat dieser Marcello ihn überhaupt weggegeben? Das verstehe ich nicht ..."

„Als Vincenzo geboren wurde, herrschte auf Sizilien das reine Chaos, denn der Staat hatte beschlossen, die Mafia zu bekämpfen ..."

Das passt zu Vincenzos Ausführung.

„Zusätzlich kam es unter den einzelnen Familien zu Streitigkeiten und Marcello wusste, dass sein neugeborener Sohn in absoluter Gefahr schwebte, würde er selbst von der Polizei verhaftet oder sogar umgebracht werden. Zu allem Unglück kam dazu, dass seine geliebte Ehefrau kurze Zeit später wegen eines Krebsleidens verstarb und er ihr wohl am Sterbebett aus inniger Liebe zu ihr geschworen hat, dass er nie wieder heiraten werde. Deshalb war Vincenzos Überleben umso wichtiger, weil es keine weiteren Erben geben würde. Außerdem sind die Contis eine angesehene Familie, die damals nichts mit der Mafia zu tun hatte, und somit war sein Sohn bei ihnen in Sicherheit …"

„Himmel! Dagegen sind deine Seifenopern, die du dir täglich im Fernsehen ansiehst, Kinderkram."

„Was glaubst du, warum ich mir den Mist ansehe …", knurrt Donatella. „Das wahre Leben unserer Familie ist mir manchmal Drama zu viel!"

„Und ich dachte immer, dass wir drei langweilige Frauen sind, die einfach kein Glück mit Männern haben …"

„Das stimmt nicht, aber das ist jetzt auch nicht das Thema", wiegelt Donatella schnell ab. „Um zu deiner Frage zurückzukommen … Vincenzo wurde hauptsächlich von Matteos Frau Maria großgezogen. Beide arbeiteten damals für die Contis."

„Ahhhh, dann ist dies das Geheimnis, wovon mir Matteo nichts erzählen durfte. Jetzt verstehe ich auch, woher er Vincenzo kennt …" So langsam gewinne ich den Durchblick in diesem Chaos.

„Es gibt nur leider einen Haken an dieser fragwürdigen Vereinbarung, die zwischen Francesco und Marcello geschlossen wurde …", sagt Donatella und ich merke ihr an, dass es ihr schwerfällt, darüber zu reden.

„Viel schlimmer kann es doch nicht werden", versuche ich zu scherzen.

„Das sagst du so einfach ...", flüstert sie und streichelt mir plötzlich sanft über die rechte Wange, was mich nachdenklich macht.

„Was ist los?", frage ich und bemerke, wie sich Donatellas Augen mit Tränen füllen. Ohne zu zögern nehme ich die kleine Frau mit den hängenden Pudellocken in die Arme und drücke sie ganz fest, als sie mir traurig gesteht: „Diese unseriöse Vereinbarung, die Francesco für seinen Vater eingegangen ist, besagt, dass er nie eigene Kinder haben darf, damit die Familie Conti mit seinem Tod ausstirbt. Sollte er sich nicht an diese Vereinbarung halten, dann würde das weitreichende Konsequenzen nach sich ziehen. Drei Jahre später war deine Mutter plötzlich mit dir schwanger ..."

Sie war nicht nur schwanger, sondern hat mich auch zur Welt gebracht.

„Dieser Marcello ... weiß er, dass es mich gibt?"

„Wir vermuten es ...", schluchzt Donatella und befreit sich aus meiner Umarmung. Es zerreißt mir das Herz, sie so leiden zu sehen, besonders wenn man über so viele Jahre ein so schwerwiegendes Geheimnis bewahren muss.

Umständlich krame ich aus der Hosentasche meiner Shorts eines von Vincenzos Stofftaschentüchern heraus und reiche es ihr. „Das musste ich heute auch schon benutzen."

Donatella sieht erst darauf und dann mich streng an, bevor sie krächzt: „Das sind aber nicht deine

119

Initialen, die darauf eingestickt sind?"

„No! Das ist ja auch nicht mein Taschentuch", sage ich und lächle sie verlegen an.

„Verliebe dich bloß nicht in ihn …", flüstert mir Donatella verschwörerisch zu, „denn er wird keine Gefühle für dich zulassen, weil er dich beschützen muss."

„Redest du von Vincenzo?", frage ich und bin total verwirrt.

„Sí. Hauptsächlich er sorgt dafür, dass deine wahre Identität so geheim wie möglich bleibt. Allerdings besteht die Befürchtung, dass sein Vater einen Verdacht hegt und deshalb musstest du mit deiner Mutter vor einem Jahr nach Sizilien fliegen. Das war keine Einladung von Francesco, sondern Marcello hat auf dieses Treffen bestanden. Wir nehmen an, dass er die Lage sondieren wollte. Unglücklicherweise warst du in so einem desolaten Zustand, dass es für deine Eltern und auch Vincenzo wiederum ein Glücksumstand war, weil du nichts von dem gemerkt hast. Außerdem täuscht seit jenem Abend Vincenzo seinem leiblichen Vater vor, dass er ernsthaftes Interesse an dir als Frau hegt und dieser somit keine Handhabe hat, die damals geschlossene Vereinbarung umzusetzen."

„Oh!", röchle ich und augenblicklich habe ich einen Kloß im Hals.

Er täuscht seine Aufmerksamkeit mir gegenüber nur vor!

Das kommt mir doch bekannt vor!

„Hat dieser Feigling Ricardo was damit zu tun? Ich meine, dass meine Identität eventuell verraten

120

wurde?"

„Wir befürchten es! Es kann sein, dass er heimlich in unseren Unterlagen gewühlt hat, als er hier bei dir auf dem Weingut war, obwohl diese geheimen Dokumente im Safe verschlossen sind."

„Ich hasse diesen Mann!", rufe ich dem nächstbesten Weinstock zu, dem das völlig egal ist.

„Du musst jetzt einen klaren Kopf bewahren", mahnt Donatella. „Nur das zählt!"

„Natürlich! Wie habt ihr es überhaupt geschafft, mich so viele Jahre geheim zu halten?

„Das war nicht leicht und bedurfte immer einer exakten Planung. Deine Mutter und Francesco haben sich nur heimlich getroffen und in deiner Geburtsurkunde steht tatsächlich ein Mann, der in Australien lebt und den deine Mutter vom Studium her kannte. Francesco hat ihn mit viel Geld dazu überreden können, dass er sich eintragen lässt. Aber glaube mir, er war immer in deiner Nähe, egal, ob du Geburtstag hattest, es Weihnachten war oder du dir beim Fahrradfahren die Knie aufgeschlagen hast. Er war zwar für dich nicht sichtbar, aber ich bin mir sicher, dass du es gefühlt hast, stimmt es?"

Jetzt bin ich es, der die Tränen in die Augen steigen, weil Donatella mit ihrer Aussage recht hat. Ich habe mich nie allein gefühlt und manchmal dachte ich, dass ab und an abends mein Vater an meinem Bett sitzt. Als ich Donatella darauf anspreche, bejaht sie mir meine Vermutung und plötzlich fühle ich mich geborgen und auch glücklich.

Jetzt muss ich nur noch überleben.

„Eine Frage habe ich noch …", sage ich und

wische meine Tränen mit der Hand ab. „Warum habt ihr gestern Abend diese Show-Veranstaltung inszeniert?"

„Die war nur zu deinem Schutz ins Leben gerufen worden. Vincenzo hatte die Information erhalten, dass eventuell Ricardo mit seinem Schläger bei uns auf dem Weingut auftauchen könnte …"

Das soll er sich mal wagen!

Capitolo 12

Durch Donatellas Offenbarungen wird jetzt mein Leben nicht leichter, aber es gibt zumindest weniger Geheimnisse. Um diese Flut von teilweise schwerwiegenden Informationen zu verarbeiten, brauche ich erst einmal eine Auszeit.

Deshalb begebe ich mich, nachdem wir von unserem Spaziergang zurück sind, sofort in meine Wohnung. Donatella soll mich bei der anwesenden Gesellschaft entschuldigen, die wohl auf eine Reaktion von mir wartet. Zu dem jetzigen Zeitpunkt fühle ich mich außerstande, Francesco zu umarmen und ihn liebevoll Vater zu nennen, ganz zu schweigen von Vincenzo, der sozusagen nur aus Mitleid für meine Sicherheit sorgt. Zumindest in dieser Beziehung kann ich mir sicher sein, dass zwischen uns auf Sizilien nichts passiert ist, wenn sein Interesse an mir nur vorgetäuscht ist.

Ob ich sein Verhalten nun erbärmlich oder heldenhaft finde, entscheide ich später.

Fest steht, dass ich Donatellas Warnung, mich nicht in ihn zu verlieben, sehr ernst nehmen werde und versuche, ihm möglichst aus dem Weg zu gehen.

Eigentlich ist es sehr schade.

Mit diesem Gedanken schmeiße ich mich auf mein Bett und kuschle ich mich trotz der Hitze in eine dünne Decke – es fühlt sich so sicher darunter an –

und schließe die Augen. Ich möchte mich einfach in eine schöne und ungefährliche Welt träumen.

***

Ich habe keine Ahnung, wie lange ich geschlafen habe, als mich sanft meine Mutter weckt. „Aurora, Bella", flüstert sie und streicht mir die Haare aus dem Gesicht. „Wie geht es dir? Wir machen uns Sorgen um dich."

Wir?

Mühevoll öffne ich meine Augen und erblicke zuerst meine Mutter, die vor meinem Bett hockt und mich mit einem traurigen Gesichtsausdruck ansieht. Francesco, der im lässig sitzenden Leinenanzug hinter ihr steht, mimt auch nicht die Fröhlichkeit in Person.

„Mir geht es gut", sage ich leise und setze mich schwerfällig auf. „Allerdings wäre ich auch mit weniger Familiendrama klargekommen …"

„Glaube mir, Aurora …", beginnt Francesco mit gebrochener Stimme und streicht sich fahrig eine Haarsträhne aus dem Gesicht, „egal, welche Entscheidung wir getroffen hätten, sie wäre falsch gewesen. Uns war wichtig, dich zu beschützen und dafür zu sorgen, dass du ein relativ normales Leben führen kannst …"

„Ich bin euch nicht böse, solltet ihr das denken. Aber mehr Ehrlichkeit wäre schön gewesen", sage ich mit Nachdruck.

„Wir hatten immer vor, es dir viel eher zu sagen", rechtfertigt sich meine Mutter, „aber irgendwie gab es nie den passenden Zeitpunkt dafür …"

„Dann ist er jetzt", schlage ich vor, gebe zur Versöhnung erst meiner Mutter einen Kuss auf die Wange und strecke dann Francesco meine Hand entgegen, der sie sofort fest umschließt und sanft drückt.

„Ihr seid so ein schönes Paar", wispere ich und plötzlich spüre ich gleichzeitig eine Umarmung von meiner Mutter und Francesco.

Wir sind eine Familie.

Für einen langen Moment liegen wir uns schluchzend in den Armen, bis mein Smartphone, welches irgendwo auf dem Boden im Schlafzimmer liegt, klingelt. Kein Gespräch der Welt ist jetzt so wichtig wie dieser Augenblick und deshalb ignoriere ich den Anruf. Außerdem quält mich noch ein ganz anderes Problem. Deshalb befreie ich mich sanft aus der Umarmung meiner Eltern, wische mir die Tränen mit der Hand ab und versichere mich bei Francesco, ob ich frei sprechen kann oder es besser ist, an einem sicheren Ort zu reden. Mit großer Überraschung nimmt er meine Bedenken zur Kenntnis und entkräftet sie sofort.

Nachdem das geklärt ist, kann ich meinem Unmut Luft verschaffen. „Wir müssen unbedingt wegen der Investition reden. Vincenzo hat mir von Ricardos Unverfrorenheit erzählt und wenn dieser herausfindet, dass er angelogen wurde, dann taucht er womöglich hier auf. Für ihn ist besser, wenn er mir aus dem Weg geht!"

Francesco betrachtet mich mit einer Mischung aus Mitleid und Wut. „Ich habe schon die nötigen Maßnahmen eingeleitet", sagt er mit tiefer Stimme und in diesem Moment glaube ich ihm das aufs Wort.

„Trotzdem beschäftigt mich noch die Frage, wieso niemand wusste, wer Ricardo wirklich ist. Ich war viel zu verliebt in ihn, um klar denken zu können. Doch bei unseren dramatischen Familienverhältnissen musst du doch sehr vorsichtig sein …", sage ich zu Francesco und hoffe, dass er es nicht als direkten Vorwurf an ihn versteht.

„Glaube mir, meine liebe Aurora, ich habe alle Möglichkeiten ausgeschöpft, um ihn heimlich auszuspionieren. Seine Tarnung als Immobilienmakler ist perfekt, denn sein Büro in Catania gibt es tatsächlich und ich habe ihn persönlich darin sitzen sehen …"

„Vielleicht wickelt er dort seine Mafia-Geschäfte ab", schnarre ich.

„Nicht so offensichtlich", antwortet Francesco. „Die Mafia arbeitet mehr im Verborgenen. Du sollst aber wissen, auch wenn ich nicht sichtbar in deinem Leben war, so habe ich immer auf dich aufgepasst und meine Prinzessin beschützt. Leider unterschätzte ich Ricardo und es war Vincenzo, der ihn enttarnte", gibt mein Vater zu.

Vincenzo, der Held.

„Trotzdem soll er aufhören, sich in mein Leben einzumischen!", blaffe ich.

„Wie meinst du das?", mischt sich meine Mutter ein und scheint irritiert. „Ich hatte den Eindruck, dass du ihn magst …"

Francescos Blick hingegen ist erst sehr nachdenklich, bis er schließlich fragt: „Ist etwas zwischen euch passiert, wovon ich wissen sollte?"

„No! Zum Glück noch nicht, aber sein cooler

126

Charme hat mich schon ein bisschen gereizt. Dass das aber nur Mittel zum Zweck ist, macht mich wütend. Donatella hat mich vor ihm gewarnt und mir erzählt, warum er so freundlich zu mir ist ..."

Weder meine Mutter noch Francesco antworten auf meinen Vorwurf und werfen sich stattdessen einen vielsagenden Blick zu.

„Warum schweigt ihr?", frage ich, denn ihr Verhalten macht mich stutzig. Natürlich bin ich Vincenzo zu Dank verpflichtet, dass er mich vor seinem leiblichen Vater beschützt, aber das war wohl seine Entscheidung, denn ich habe ihn nicht darum gebeten. Außerdem sollte ich meinen Fokus auf die Zukunft des Weingutes legen.

„Lassen wir das Thema Vincenzo und reden über die anstehende Investition", schlage ich Francesco vor und sehe ihn erwartungsvoll an.

Diesem huscht sofort ein warmes Lächeln über das Gesicht, bevor er antwortet: „Die dafür nötigen Unterlagen liegen seit gestern beim Anwalt und müssen nur noch unterschrieben werden. Natürlich dein Einverständnis vorausgesetzt."

„Ihr seid aber wirklich schnell", sage ich mit einem gewissen Unterton, weil ich trotzdem nicht erfreut darüber bin, dass man auch dies hinter meinem Rücken besprochen hat.

„Das hatten wir so nicht geplant. Aurora, das musst du uns glauben ...", fleht meine Mutter. „Das plötzliche Auftauchen von Ricardo hat uns förmlich dazu genötigt."

Moment!

„Er war doch erst heute bei Vincenzo", werfe ich

ein.

„No, no!", wiegelt meine Mutter sofort ab. „Er treibt sich schon seit drei Wochen hier in der Gegend herum ... und gestern Abend ist er dir sogar gefolgt ..."

„Was? Er ist aber nicht dieser schwarz gekleidete Motorradfahrer, oder?", frage ich und mir läuft ein Schauer über den Rücken bei dem Gedanken, ich könnte Ricardo persönlich begegnen.

„No! Er ist mit seinem Chauffeur unterwegs, der als brutaler Schläger bekannt ist", unterrichtet mich Francesco.

Auch das noch!

Jetzt verstehe ich auch, warum Vincenzo gestern Abend auf der Fahrt zu Isabella so vorsichtig und angespannt war. Trotzdem weiß ich immer noch nicht, wer dann dieser mysteriöse Motorradfahrer ist.

Als ich Francesco danach fragen will, beginnt er mir stattdessen zu erklären, was in der Vereinbarung über die Investition in unser Weingut steht, die ich als äußerst positiv bewerten würde, wäre nicht Vincenzo der Investor.

„Wieso stehst du nicht in dem Vertrag?", frage ich Francesco. „Vincenzo ist doch nicht dein leiblicher Sohn oder hast du ihn adoptiert?"

„Das ist ein wenig kompliziert ...", druckst er herum.

„Keine Geheimnisse mehr!", drohe ich ihm scherzhaft, obwohl ich es ernst meine.

„Du hast ja recht", gibt Francesco zu und hebt kurz die Hände, als würde er sich ergeben. Dann spricht er mit tiefer Stimme weiter: „Niemand weiß, dass

Vincenzo nicht mein leiblicher Sohn ist und so soll es im Sinne von ihm und auch seines Vaters, Marcello Rossetti, bleiben, denn in Sizilien tobt nicht nur innerhalb Mafia gerade ein Machtkampf, sondern auch in der Familie Rossetti, der Marcello vorsteht. Diesen Kampf muss er erst für sich entscheiden, bevor er kundtun kann, dass er einen Sohn hat, der den späteren Vorsitz übernehmen wird. Zum jetzigen Zeitpunkt wäre es das Todesurteil von Vincenzo und deshalb wird er vorerst ein Conti bleiben ..."

„Dann steht doch dieser Marcello in deiner Schuld ...", schlussfolgere ich.

„Das gehörte zu unserer Abmachung, dass ich Vincenzo schütze. Da wir befürchten müssen, dass Marcello durch Ricardo von deiner Existenz erfahren hat, ist es wohl der Grund, warum er darauf bestand, dass es Vincenzo ist, der in euer Weingeschäft investiert ..."

„Das würde bedeuten, dass ich indirekt einen Vertrag mit der sizilianischen Mafia schließe!", grolle ich und bin natürlich frustriert.

„Eine andere Möglichkeit haben wir im Moment nicht", gibt Francesco zu und wirkt genauso niedergeschlagen wie meine Mutter.

So einfach gebe ich nicht auf.

„Mama, ich unterschreibe den Vertrag nur, wenn uns darin eine Möglichkeit eingeräumt wird, dass wir die Summe der Investition zurückzahlen können!"

Während meine Mutter mich mit weit aufgerissenen Augen ansieht und verhalten nickt, strahlt mich Francesco mit einem breiten Lächeln an und sagt voller Stolz: „Meine Tochter ist eine clevere Geschäftsfrau."

„Das hat nichts mit clever zu tun, sondern mir widerstrebt der Gedanke, dass dieses Weingut teilweise der sizilianischen Mafia gehören könnte. Wenn es uns tatsächlich gelingt, diesen außergewöhnlichen und hochwertigen Rotwein zu keltern, dann sind wir recht schnell in der Lage, die Investition zurückzahlen. Im besten Fall vor Vincenzos Ernennung zum Mafia-Boss. Wie viel Geld wollt ihr eigentlich investieren?", frage ich und bin erstaunt, dass ich das erst jetzt wissen möchte.

„Vincenzo sprach von vier Millionen Euro", antwortet Francesco, „aber der Betrag ist noch verhandelbar."

„So viel brauchen wir nicht", werfe ich sofort ein.

„Nicht?", fragen meine Eltern gleichzeitig.

„No! Das Weingut ist geschätzte acht Millionen Euro wert und ich bin mir sicher, dass Vincenzo das weiß. Wenn er tatsächlich die Hälfte des Wertes investiert, dann würden fünfzig Prozent ihm gehören. Außerdem bekomme ich dadurch Schwierigkeiten mit unserer Hausbank, weil sie dann die Rückzahlung des laufenden Kredits in höheren Raten fordern würde, was ich gerade erst durch zähe Verhandlungen mit denen verhindert habe."

„Hast du die Bestätigung der Bank dafür schon erhalten?", fragt mich Francesco mit argwöhnischer Miene und genau in diesem Moment ahne ich, dass er etwas damit zu tun hat. „Du steckst dahinter, oder?"

Francesco antwortet mir, indem er vorschlägt, sich

um das Bankproblem persönlich zu kümmern. Außerdem bittet er mich, ihm zu vertrauen. „Deine Bedenken bezüglich Vincenzo sind alle berechtigt und ich werde sie in deinem Sinne klären."

Bei seinem letzten Wort klingelt erneut mein Smartphone und dieses Mal begebe ich mich auf die Suche nach dem nervigen Gerät, denn es könnte – obwohl es Samstagabend ist – ein wichtiges Telefonat sein. In einem Weingut herrscht schließlich nicht die übliche Fünf-Tage-Arbeitswoche.

Beim Blick auf das Display entdecke ich tatsächlich ein paar verpasste Anrufe von Vertragspartnern, doch zuerst widme ich mich Isabella, die sich schon zum zweiten Mal telefonisch bemerkbar macht.

Sobald ich das Gespräch annehme, brüllt sie mir ins Ohr, so dass ich automatisch das Smartphone auf das Bett lege und auf laut stelle. „Warum schreist du so?", frage ich verständlicherweise.

„Ich habe es dir doch gerade erzählt!", blafft sie. „Ich werde von dem mysteriösen Motorradfahrer verfolgt. Er hat mir schon in Florenz vor meiner Pasticceria aufgelauert."

„Oh, verflucht!", rufe ich und drehe mich zu Francesco um, der zu meiner Überraschung recht entspannt aussieht. „Was machen wir denn jetzt?", frage ich ihn und versuche, ruhig zu bleiben.

Er lächelt mich freundlich an und das vermittelt mir einen Hauch Zuversicht. „Isabella soll hierher zum Weingut kommen und den Rest kläre ich", sagt er mit weicher Stimme.

Ohne darüber nachzudenken, was das zu bedeuten hat, übermittle ich ihr Francescos Worte. Sie versteht genauso wenig wie ich seine Gelassenheit, doch uns jetzt in seinem Beisein aufzuregen ist nicht angebracht. Auch wenn er wissentlich mein leiblicher Vater ist, bin ich trotzdem noch vorsichtig.

„Warum hast du mich nicht schon eher angerufen?", motze ich Isabella an.

„Das habe ich, aber Signora hat mich ignoriert!"

„Tut mir leid. Wir hatten gerade eine Sitzung des Familienrates."

„Mit Francesco?", trötet Isabella und ich merke ihr an der Tonlage ihrer Stimme an, dass sie irritiert ist.

„Erzähle ich dir, sobald du hier bist."

„In zehn Minuten bin ich da und ich hoffe, ihr rettet mich!"

***

Die bevorstehende Rettung von Isabella gestaltet sich für mich schwieriger als gedacht, denn weder Francesco noch meine Mutter sind mir eine große Hilfe, weil sie wohl den Ernst der Lage nicht erkennen.

„Isabella wird nichts passieren", versucht mich Francesco zu beruhigen, während wir und meine Mutter die Treppen hinunter ins Foyer rennen.

„Woher willst du das wissen?", blaffe ich ihn an und kann seine Gelassenheit diesbezüglich nicht verstehen.

„Aurora ...", fleht er plötzlich, als ich durch die Eingangstür ins Freie trete, „du musst mir vertrauen."

In so kurzer Zeit?

132

Das kann ich nicht!

Ohne weiter auf Francesco zu achten, laufe ich ein paar Schritte in Richtung der Zufahrt, damit ich besser nach Isabella Ausschau halten kann.

Lange muss ich nicht warten, bis sie in die schmale Auffahrt einbiegt und – für Isabella völlig untypisch – im rasanten Tempo auf mich zukommt. Dass der Motorradfahrer direkt hinter ihr fährt, macht mir richtig Angst. Unweigerlich sehe ich mich um und suche nach Hilfe. Dabei entdecke ich Vincenzo, der sich mit dem Smartphone am Ohr telefonierend neben Francesco stellt. Leider kann ich ihn nicht verstehen, weil ich zu weit von ihm wegstehe. Da weder Vincenzo noch Francesco panisch wegen des Bikers reagieren, hege ich nun die wage Vermutung, dass sie vielleicht wissen, wer er ist.

Dummerweise fehlt mir die Zeit, die beiden zur Rede zu stellen, denn Isabella hält mit einer spektakulären Vollbremsung direkt vor mir an. Sekunden später stehe ich – umhüllt von einer Staubwolke – da und schnappe nach Luft. Trotzdem entgeht mir nicht, dass der Motorradfahrer direkt neben ihrem Cabrio anhält.

Allerdings wäre Isabella nicht sie selbst, wenn sie in dieser Situation ruhig bleiben würde, denn bevor irgendjemand zu ihrer Rettung eilen kann, übernimmt sie die Regie.

Ziemlich unbeherrscht verlässt sie ihr Auto und beschimpft danach den Biker, der lässig von seiner Maschine steigt. Isabella scheint das so wütend zu machen, dass sie plötzlich wild gestikulierend und schimpfend auf ihn zugeht.

Im Gegensatz zu ihr tritt der Motorradfahrer ein paar Schritte zur Seite und versucht mit beschwichtigenden Handbewegungen, meine Freundin zu beruhigen, die sich davon nicht beeindrucken lässt.

Eigentlich wäre ich jetzt dran, einzugreifen und ihr zu helfen – wenn es schon niemand anderes tut –, doch ich stehe vor Anspannung wie festgewurzelt da. Meine Beine fühlen sich so schwer an, dass ich nicht imstande bin zu laufen. Auch die restlichen Zuschauer fühlen sich anscheinend nicht genötigt, etwas zu unternehmen und so langsam begreife ich gar nichts mehr.

Das ändert sich schlagartig, als der Motorradfahrer sich – wohl vor Verzweiflung, weil er mit einem tätlichen Angriff von Isabella rechnet – seinen Helm vom Kopf reißt und sie flehend ansieht. Abrupt stellt sie ihre Beschimpfungen ein und starrt ihn an, während ich – nach den ersten Schocksekunden – mich mit wütendem Blick zu Vincenzo umdrehe, der gerade sein Smartphone in die Hosentasche steckt und dann irgendetwas zu Francesco sagt.

Dieser Auftritt hat ein Nachspiel!

Capitolo 13

Nachdem Isabella sich durch die Offenbarung des apokalyptischen Reiters in einer Art Schockzustand befindet, habe ich recht schnell wieder zu mir gefunden und fühle mich nicht nur von meiner Familie – ganz zu schweigen von Vincenzo und ebenfalls von Giulio, dem Maler aus dem Mohnblumenfeld – vorgeführt, denn er ist der schwarz gekleidete Motorradfahrer.

„Du hast es ihnen nicht gesagt?", ruft Giulio Vincenzo zu.

„Leider fehlte mir die Gelegenheit", antwortet dieser und begibt sich mit lässigen Schritten zu Giulio, um ihn dann mit einer festen Umarmung zu begrüßen. Es ist offensichtlich, dass sich beide Männer freuen, sich zu sehen und das macht mich noch wütender.

Gerade will ich meinen Frust zum Ausdruck bringen, da kommt mir Giulio zuvor, indem er Vincenzo auffordert: „Jetzt steh hier nicht nur gutaussehend rum und kläre die unangenehme Situation auf, sonst bekomme ich nie wieder süße Köstlichkeiten von dieser wunderschönen Frau zum Probieren." Er wendet seinen Blick zu Isabella, die sich das Spektakel mit zusammengekniffenen Augen ansieht. Wenn ich seine Tonlage richtig deute, höre ich daraus eine Mischung aus Ernsthaftigkeit und Scherz.

Ich hingegen bevorzuge bei meinem derzeitigen Gefühlszustand Sarkasmus und Ironie und bemerke deshalb laut und deutlich: „Solltest du tatsächlich jemals wieder von Isabellas Köstlichkeiten probieren dürfen, dann garantiere ich dir danach eine kurze Lebensdauer."

Giulio presst daraufhin seine Hände auf die linke Seite des Brustkorbs und schmachtet dabei Isabella demütigend an. Von seiner angeblichen Schüchternheit ist nicht mehr viel übrig geblieben.

Francesco ist es nun, der sich höflich Isabella vorstellt, die nun endlich ihren großzügigen Vermieter der Pasticceria in Florenz kennenlernt. Anschließend erklärt er uns, warum Giulio besonders auf Isabellas Sicherheit geachtet hat. Dieser ist überraschenderweise der jüngere Bruder von Toni Remi, dem Verwalter des Castello di Merrazzano.

„Ricardo ist in der letzten Zeit oft in Florenz gesehen worden und es ist zu befürchten, dass er eventuell beginnt, auf Isabella Druck auszuüben, wenn er bei dir, Aurora, nichts erreicht."

„Dieser Blödmann will sie doch nicht wieder zurück?", empört sich Isabella und sieht erst Francesco und dann mich an.

„No!", antworte ich und verziehe das Gesicht zu einer angewiderten Grimasse. „Ich habe heute viel erlebt und das erzähle ich dir bei einer Flasche Rotwein."

„Du trinkst wieder?", fragt Isabella und ich weiß, dass ihre Frage ironisch gemeint ist.

„Sí! Und heute bleibt es definitiv nicht bei einer Flasche", prophezeie ich.

136

Als Francesco das hört, atmet er tief ein, bevor er sich mit einer gekonnten Ausrede empfiehlt: „Ich muss erst einmal ein intensives Gespräch mit den jungen Männern führen." Dass er damit Giulio und Vincenzo meint, ist nicht schwer zu erraten.

„Junge Männer!", echauffiert sich Isabella und knallt die Fahrertür ihres Cabrios zu. Dann holt sie aus dem Kofferraum ihre Handtasche sowie einen großen Kuchenkarton und ich ahne schon, dass der vor uns liegende Abend einen zuckersüßen Beigeschmack haben wird.

Ich bin dabei!

***

Drinnen im Hauptgebäude treffen wir auf meine Mutter sowie Donatella und beide wirken ziemlich zerknirscht. Meine Großmutter wartet auch nicht lange, um ihren Unmut loszuwerden und krächzt: „Dieses Mafia-Getue der Männer geht mir auf die Nerven. Wir sind doch nicht dumme Püppchen, die von der Weltordnung keine Ahnung haben …"

Sofort pflichtet ihr meine Mutter bei und schwört, dass sie gleich mit Francesco sprechen wird.

„Ich habe zwar noch keine Ahnung …", beginnt Isabella, „was in den letzten zwölf Stunden hier vorgefallen ist, aber eins steht für mich fest … diesen Giulio nehme ich mir mit nach Hause und dann zeige ich ihm mal, was er davon hat, mich so vorzuführen."

Nicht nur mir ist in diesem Moment klar, dass meine Freundin zu ihrem Wort stehen wird, denn dafür kennen wir sie schon lange genug. Giulio wird sich noch wundern, wozu sie fähig ist.

Ich hingegen bleibe bei meinem Vorhaben, mich gefühlsmäßig von Vincenzo fernzuhalten und nur geschäftlich mit ihm zu kooperieren. Das wird schon schwierig genug werden, denn ich finde ihn trotz aller Umstände wahnsinnig attraktiv.

Nachdem sich meine Mutter und Donatella von uns verabschiedet haben, um Francesco zu suchen, begebe ich mich in die Küche, denn mein Magen knurrt seit einer halben Stunde ununterbrochen. Wie aus dem Nichts taucht plötzlich Maria auf und entschuldigt sich, dass sie unser Gespräch von gerade eben belauscht hat.

„Das musst du doch nicht", entgegne ich, denn als Vincenzos Pflegemutter ist sie genauso in diese komplizierte Situation verstrickt.

„Sei nicht ganz so hart zu Vincenzo", bittet sie mich zögerlich. „Er hat es schwer genug, dass sein Vater Marcello Rossetti ist. Außerdem macht er sich wirklich Sorgen um deine Sicherheit."

„Moment!", ruft Isabella, die etwas abseits steht und auf mich wartet, „Francesco ist nicht Vincenzos Vater?"

„No! Er ist mein leiblicher Vater und den Rest erzähle ich dir gleich. Jetzt brauche ich dringend etwas zu essen und dann ganz viel Rotwein", sage ich und beiße in ein Stück Ciabatta.

„Da kommt noch mehr?", jammert Isabella. „Vielleicht sollten wir uns gleich in deinem Weinkeller verschanzen. Dann haben wir kein Problem mit Nachschub."

Das haben wir auch so nicht!

Für unser Fress- und Trinkgelage haben wir uns mein Doppelbett im Schlafzimmer ausgesucht und während ich abwechselnd esse, trinke und erzähle, bevorzugt Isabella es, mir nur zuzuhören und Rotwein zu trinken. Bei der Schwere der Themen und der unerträglichen Hitze draußen dauert es nicht lange, bis der Rotwein seine Wirkung zeigt. Spätestens mit der Beendigung meiner Erzählung haben wir die erste Flasche alkoholischen Rebensaftes geleert und labern nur noch eine Menge Blödsinn.

Trotzdem schafft es Isabella, eine kurze Zusammenfassung meiner derzeitigen Situation zu erläutern: „Beginnen wir mit Francesco, der jetzt dein Vater ist und nicht der von Vincenzo … dieser hat so einen Mafia-Boss als Erzeuger und der wiederum will dich wahrscheinlich umbringen, weil es dich gar nicht geben dürfte … das will dieser cool aussehende Vincenzo verhindern und stalkt dich deswegen … was habe ich vergessen? Ach, Ricardo, der Mafia-Sprössling will dein geliebtes Weingut kaufen … Aurora, ich würde sagen … es läuft bei dir! Darauf stoßen wir an.“

Wenn ich das so höre, kann ich mich wirklich nicht beklagen, dass mein Leben langweilig ist.

Nach der zweiten Flasche Rotwein sind wir nicht nur ziemlich betrunken, sondern auch müde und beschließen deshalb, eine kleine Runde zu schlafen.

Mitten in der Nacht wache ich plötzlich auf, weil ich eine trockene Kehle habe und nass geschwitzt bin. Isabella liegt neben mir wie frisch mumifiziert und nur das leise Zischen beim Ausatmen sagt mir, dass sie noch nicht dem Alkoholtod erlegen ist.

Vorsichtig setze ich mich auf und entdecke, dass zwischen uns im Bett noch die Kuchenschachtel steht. Wo Isabella ihr Rotweinglas versteckt hat, kann ich aufgrund des Lichtmangels nicht ausmachen. Meins liegt – zum Glück leer – neben meinem Bett.

Mit Rücksicht auf meinen schweren Kopf und Isabellas Mumienschlaf bewege ich mich im Zeitlupentempo aus dem Bett und weiter ins Badezimmer. Ich brauche dringend eine Dusche, denn ich habe das Gefühl, dass ich nach Drei-Tage-Zeltlager in der Pubertät rieche, wo Körperpflege eine Erfindung für Erwachsene bedeutete.

Eine Viertelstunde später fühle ich mich wieder salonfähig und räume noch vorsichtig den Kuchenkarton aus dem Bett. Dann kuschle ich mich, nur mit einem dünnen Top und passendem Höschen bekleidet, wieder ins Bett.

Ich habe keine Ahnung, wie spät es ist, als ich bemerke, dass eine weibliche Stimme meinen Namen ruft und zusätzlich sanft an mir rüttelt. „Aurora! Du musst aufwachen. Es ist etwas passiert!"

„Was?", nuschle ich und versuche, meine Augen zu öffnen, was mir nur schwer gelingt. Als ich Maria entdecke, die noch völlig verschlafen aussieht und nur mit einem Morgenmantel bekleidet ist, bin ich schlagartig munter, setze mich auf und will sofort wissen, was los ist.

„Vincenzo muss dringend mit dir reden", sagt sie

leise und ihre Stimme klingt gebrochen.

„Es ist doch nichts mit meiner Familie?", frage ich und merke, wie es mich bei dem Gedanken fröstelt.

Maria antwortet mir mit einem wehleidigen Gesichtsausdruck und in diesem Moment rechne ich mit einer schrecklichen Nachricht. „Am besten erzählt es dir Vincenzo persönlich", wispert Maria und ruft nach ihm. Zu meiner großen Überraschung steht Sekunden später der zukünftige Mafia-Boss mit seinem Gefährten Giulio in meinem Schlafzimmer.

Echt jetzt?

Bevor ich lautstark Protest anmelden kann, denn Vincenzo sieht mich erneut mit wenig Bekleidung, erklärt er mir mit fester Stimme, dass er von Toni die Information bekommen hat, dass Marcello Rossetti heimlich mit seinem Privatflugzeug in Florenz gelandet ist und sich jetzt auf dem Weg hierher befindet.

Um diese Zeit?

„Es ist sechs Uhr frühmorgens", brummt Isabella, die aus ihrem Tiefschlaf wohl erwacht ist. Einen Moment später setzt sie sich mit einem Ruck auf, wühlt sich durch ihre langen blonden Haare, die ihr wirr ins Gesicht hängen und blafft: „Ihr wollt uns doch verarschen!"

„No …", antwortet Giulio und schmachtet sie dabei unverblümt an. „Wir nehmen an, dass es die Reaktion auf Vincenzos gestrige Ankündigung ist, dass er sich verlobt hat …"

Verlobt?

Es gibt eine Frau in seinem Leben?

Wie konnte ich nur annehmen, dass er Single ist?

„Hast du das verstanden?", faucht mich Isabella von der Seite an.

„Sí! Sicher! Er ist verlobt!", antworte ich grob und versuche, meine aufkommende Enttäuschung zu unterdrücken.

„Aurora! Du hast nicht richtig zugehört! Er ist mit DIR verlobt!", brüllt mich Isabella an.

Mit mir?

Intuitiv halte ich meine Hände hoch und bemerke ironisch: „Da ist aber kein Ring."

„Daran soll es nicht scheitern", sagt Vincenzo und legt im nächsten Augenblick eine kleine, mit blauem Samt überzogene Schachtel vor mich hin.

„Du bist ja ein richtiger Romantiker", blafft Isabella Vincenzo an. „Wie konntest du es wagen, Aurora in so eine beschissene Situation zu bringen?"

„Ich hatte keine andere Wahl", antwortet er mit ruhiger Stimme. „Nach dem gestrigen plötzlichen Auftauchen von Ricardo meldete sich später Marcello bei mir und stellte mir sehr persönliche Fragen bezüglich Aurora. Spätestens da wurde mir klar, dass sie in großer Gefahr ist. Ich kann sie nur beschützen, wenn ich diesen Schritt gehe."

Isabella gibt sich mit dieser Aussage nicht zufrieden und will Vincenzo weiter attackieren, doch ich hindere sie daran. „Es geht nicht nur um mich, sondern auch um Francesco, meinen Vater. Er hat die Vereinbarung, die Marcello mit ihm getroffen hat, durch meine heimliche Geburt gebrochen. Sollte dieser seine Drohung wahr machen, dann verlierst du nicht nur deine Pasticceria in Florenz. Also werden wir jetzt diesen beschissenen Plan ausführen."

Isabella schweigt zu meinen Worten, weil sie schlau genug ist, um zu wissen, dass ich recht habe. Mit einer mürrischen Geste steht sie auf und ich wende mich an Giulio mit der Bitte, sie sicher nach Hause zu bringen, die er mir mit einem seligen Lächeln quittiert.

Der darauffolgende Abschied zwischen meiner Freundin und mir fällt dementsprechend kurz, aber dafür sehr innig aus. „Pass gut auf dich auf und nimm den Studenten nicht zu hart ran", flüstere ich ihr zu.

„Ich schwöre dir, der Typ bekommt, was er braucht", antwortet Isabella zwar leise, aber trotzdem so laut, dass es für alle im Raum hörbar ist.

Giulio zeigt daraufhin erst vor Freude seine weißen Zähne, schnalzt dann mit der Zunge und greift zuletzt nach Isabellas Arm, um sie höflich daran zu erinnern, dass sie endlich gehen sollten. „Marcello Rossetti darf uns hier nicht sehen", sagt er eindringlich und zieht Isabella ruckartig zu sich heran, die nun mit der Wange an seinem schwarzen T-Shirt klebt.

Anstatt ihn für seine kleine Frechheit zu rügen, packt sie ihn an seinem Shirt, dreht sich um und zerrt ihn mit sich. So macht man einem Mann auf einfache Weise klar, dass man ihn ohne Widerrede mit zu sich nach Hause nimmt. Giulio kommt dieser Einladung mit sichtlich großer Freude nach.

Maria verabschiedet sich ebenfalls von uns und begleitet beide hinaus.

Jetzt gibt es nur noch Vincenzo, mich und die kleine, mit blauem Samt überzogene Schachtel, die direkt vor mir auf der Bettdecke liegt.

„Wir müssen es so aussehen lassen, als würde ich bei dir wohnen", sagt er und ich spüre seinen intensiven Blick auf mir, obwohl ich immer noch die kleine Dose anstarre.

„Du wohnst hier?", frage ich nach und sehe ihn unvermittelt an. Seine dunkelbraunen Augen, aus denen er mich so intensiv betrachtet, wirken schon fast hypnotisch auf mich. „Gibt es noch mehr, was du mir zu beichten hast?", röchle ich.

„Ist dir das nicht genug?", versucht Vincenzo zu scherzen, was ihm nur mäßig gelingt, denn ich weiß nicht, ob ich jetzt erleichtert oder noch mehr schockiert sein soll.

„Damit es für Marcello auch glaubhaft wirkt, habe ich ein paar Sachen mitgebracht", erklärt Vincenzo und zeigt auf die schwarze Sporttasche, die neben ihm steht.

„Du kennst dich doch schon bestens in meiner Wohnung aus", bemerke ich bissig und spiele damit auf den vorgestrigen Abend an.

Vincenzo schenkt mir daraufhin ein schamhaftes Lächeln, bevor er sich seine Sporttasche schnappt und damit ins Bad marschiert.

Zwei Atemzüge später muss ich mich mit seiner Frage auseinandersetzen, wo er seine Kosmetikprodukte im Bad platzieren darf. Spätestens jetzt sollte mir die Tragweite seiner Entscheidung bewusst sein, doch ich versuche, sie immer noch zu verharmlosen. Der Gedanke daran, dass ich mit einem zukünftigen Mafia-Boss verlobt bin, schreit förmlich nach einem Happy End.

Capitolo 14

Während ich darüber nachdenke, wie mein Leben als zukünftige Mafia-Braut aussehen könnte, macht sich Vincenzo lautstark in meinem Bad zu schaffen. Unweigerlich verspüre ich das Bedürfnis nachzusehen und schlage deshalb mit viel Schwung meine Bettdecke zur Seite. Dass dabei die Samtdose im hohen Bogen durch mein Schlafzimmer fliegt, war nicht meine Absicht.

Verdammt!

Allerdings vertage ich die Suche nach der Schachtel auf später, weil der ansteigende Geräuschpegel meine Aufmerksamkeit auf sich zieht und sprinte ins Bad.

„Was tust du da?", rufe ich aufgebracht und stehe Sekunden später mit entsetzter Miene vor Vincenzo.

„Es ist nichts passiert", entschuldigt er sich sofort und plötzlich spüre ich, wie sein Blick über meinen leicht bekleideten Körper gleitet. Wenn ich es nüchtern betrachte, dann ist es für ihn kein unbekannter Anblick, denn er hat mich bereits vor einem Jahr mit noch weniger Stoff am Körper gesehen, wenn nicht sogar nackt, sollten wir tatsächlich miteinander geschlafen haben.

„An was denkst du gerade?", fragt mich Vincenzo und grinst dabei verstohlen.

Eigentlich wäre das jetzt der passende Zeitpunkt,

ihn endlich zu fragen, was in jener Nacht zwischen uns passiert ist, doch irgendwie scheue ich mich davor, denn ich komme mir einfach dumm vor. Stattdessen erkläre ich, dass ich sehr ordnungsliebend bin und räume lautstark im Unterschrank des Waschtisches ein Fach für seine Kosmetikartikel frei.

„Ich kann verstehen, dass du böse auf mich bist", sagt er und beugt sich zu mir runter. Dabei ist sein Gesicht so nah an meinem, dass ich seinen Pfefferminzatem schon *schmecken* kann.

„No! Kannst du nicht!", blaffe ich und fliehe aus seiner unmittelbaren Nähe, damit ich keine Dummheit begehe, denn sein cooler Charme reizt mich enorm.

Um mich abzulenken, beginne ich, in meinem kleinen Ankleidezimmer etwas Platz für Vincenzos Anzüge sowie die mitgebrachte Kleidung und Schuhe zu schaffen und bin überrascht, wie gut sortiert dieser Mann ist.

„Das sieht alles zu aufgeräumt aus", sagt er nachdenklich. „Oder was denkst du?"

„Dein Vater ...", sage ich.

„Bitte nenne ihn nicht so!", unterbricht er mich.

„Natürlich ...", entschuldige ich mich, denn ich kann verstehen, dass er unter diesen widrigen Umständen ein Problem mit seinem leiblichen Vater hat.

„Marcello ...", beginne ich meinen Satz neu, „er wird doch nicht diese Wohnung durchsuchen?"

„Persönlich nicht! Dafür hat er seine Leute und die machen das unbemerkt."

„Aha. So wie du!", zische ich und drehe mich weg.

„Aurora!", sagt Vincenzo mit Nachdruck und greift nach meinem Arm, weil ich das Ankleidezimmer verlassen will, „um Marcello unsere Beziehung glaubhaft zu machen, musste ich private Dinge von dir wissen ..."

„Du hättest mich fragen können!", blaffe ich ihn an.

„Wie soll ich das machen, wenn deine Familie mir verbietet, dir irgendetwas zu erzählen?", blafft er zurück.

Schon gut!

Sollte Vincenzo recht behalten und Marcello schickt tatsächlich jemanden hierher, damit er Nachforschungen anstellt, dann muss unsere Tarnung perfekt sein.

„Ein paar von deinen Kleidungsstücken müssen in dem Wäschekorb verschwinden, wenn wir glaubwürdig erscheinen sollen", schlage ich vor und zeige auf die dunkle Truhe aus Rattan.

Zu meiner Überraschung habe ich nicht damit gerechnet, dass Vincenzo meinen Vorschlag sofort umsetzt. Plötzlich reißt er sich sein weißes T-Shirt über den Kopf und ob ich es will oder nicht, starre ich mit dem nächsten Atemzug auf seinen durchtrainierten und tätowierten, nackten Oberkörper. Um meiner selbst gewählten Abstinenz von diesem Mann treu zu bleiben, versuche ich, mich nun auf seine Sneaker zu konzentrieren, denn diese streift er gerade etwas umständlich ab. Sobald er dies erledigt hat, greift er zum Knopf seiner Jeans und das nötigt mich, sofort einzuschreiten. Aufgebracht rufe ich: „Was wird das jetzt?"

Vincenzo hält kurz inne, bevor er süffisant antwortet: „Du wolltest von mir getragene Wäsche. Außerdem … heute ist Sonntag und weder du … noch ich … stehen da vor sieben Uhr auf, oder?" Das sagt er mit so einer Selbstverständlichkeit, dass ich komplett verblüfft bin.

„Und … das … heißt?", stottere ich.

„Wir legen uns in dein Bett und versuchen, noch etwas zu schlafen. Natürlich halte ich den nötigen Abstand zu dir", versichert er mir und knöpft seine Jeans weiter auf.

„Zusammen in meinem Bett? Das ist ein Scherz!", röchle ich.

„No! Um authentisch zu wirken, müssen wir ein frisch verlobtes Paar mimen und die liegen nun mal zusammen in einem Bett", sagt er, streift seine Jeans wie selbstverständlich ab und steht jetzt in enganliegenden schwarzen Boxershorts vor mir.

Das ist mir zu viel.

Fluchtartig verlasse ich das Ankleidezimmer, stürme zurück in mein Bett und ziehe mir die Decke bis unters Kinn.

Und nun?

Während ich krampfhaft versuche, auf meine Frage eine Antwort zu finden, höre ich plötzlich Vincenzo leise reden. Bereits drei Atemzüge später erscheint er halbnackt mit seinem Smartphone am Ohr in meinem Schlafzimmer und telefoniert dabei mit Giulio. Zumindest nehme ich das an, weil er mir indirekt mitteilt – indem er laut die Worte des Anrufers wiederholt –, dass Isabella wohlbehalten zu Hause angekommen ist. Allerdings wirkt die Pistole, die er in der rechten Hand hält, nicht nur verstörend auf mich, sondern auch grotesk.

Jetzt übertreibt er gewaltig.

Argwöhnisch verfolge ich nun jede seiner Bewegungen und eigentlich müsste mich aufgrund der Situation ein mulmiges Gefühl packen, stattdessen erwische ich mich dabei, dass ich mehr auf seinen Körper achte als auf das, was Vincenzo gerade tut.

Mit mir stimmt doch was nicht!

Denn sonst wäre mir aufgefallen, dass er plötzlich die kleine Schachtel – anstatt der Pistole – in der Hand hält, die ich bei meinem schwunghaften Ausstieg aus meinem Bett weggeschleudert habe.

„Gefällt dir der Ring nicht?", fragt er zögerlich und hält mir die blaue Dose entgegen.

„Das ist nicht der Grund, warum ich sie noch nicht geöffnet habe …", antworte ich und greife verhalten danach.

„Sondern?" Vincenzo sieht mich erstaunt an.

„Dieser Ring ist nicht für mich bestimmt, oder?", sage ich, weil ich eine Vermutung hege.

„Du hast recht. Es war für mich unmöglich, in der Kürze der Zeit einen Diamantring zu kaufen, da die Geschäfte gestern Abend schon geschlossen hatten. Mehr möchte ich dir dazu nicht erklären", sagt er freundlich, aber sehr bestimmend.

Autsch!

Das fühlt sich wie ein Schlag ins Gesicht an.

Jetzt bereue ich, dass ich ihm meine Vermutung mitgeteilt habe, denn ich komme mir gerade wie eine gekaufte Braut vor. Außerdem bedeutet das, dass es in Vincenzos Leben doch eine Frau gibt, die er sogar beabsichtigt zu heiraten.

Was für ein Drama!

Unweigerlich sträubt sich nun alles in mir, die Schachtel zu öffnen und ich kann mir absolut nicht vorstellen, den Ring, der für eine andere Frau bestimmt ist, zu tragen. Deshalb stelle ich die Dose ungeöffnet auf den Boden, wickle mich wieder in meine Decke ein und drehe mich von Vincenzo weg. Dann schließe ich die Augen und versuche einfach, noch etwas zu schlafen.

***

Tatsächlich bin ich noch einmal eingeschlafen und habe von einer blauen Samtschachtel geträumt. Jetzt bin ich völlig im Zweifel, ob es diese ominöse Dose tatsächlich gibt? Zusätzlich irritiert mich der Lärm, der aus meinem Bad zu mir dringt.

Ein zögerlicher Blick nach rechts in das leere, zerwühlte Bett und ich weiß, dass mein Traum nicht nur ein Traum war. Vincenzo, der wohl die Geräusche im Bad verursacht, ist Realität und somit die Dose auch.

Verdammt!

Missmutig verlasse ich daraufhin mein Bett und trete dabei dummerweise auf einen harten Gegenstand. Ich weiß sofort, was das ist. Vor Frust fluche ich kurz, was wohl Vincenzo gehört haben muss, denn plötzlich stürmt er aus dem Bad und kommt direkt zu mir. Schön wäre es gewesen, wenn er nicht nur ein Badehandtuch um die Hüften tragen würde.

„Es ist alles gut", wiegle ich sofort ab und versuche, seinen nackten Oberkörper, auf dem sich noch die Wassertropfen tummeln, zu ignorieren. „Ich bin nur mit dem rechten Fuß umgeknickt", lüge ich.

„Wie ist das denn passiert?", will er wissen und unterzieht mich eines prüfenden Blickes.

„Keine Ahnung", sage ich und will aus seiner unmittelbaren Nähe verschwinden, doch Vincenzo bittet mich, dass ich mich wieder aufs Bett setze, damit er den Knöchel untersuchen kann. Dass dabei das Handtuch, welches er um die Hüften trägt, noch tiefer zu rutschen droht, irritiert mich zusehends. Damit nicht genug, spüre ich plötzlich seine angenehm warmen Hände an meinem Knöchel, denn er tastet fürsorglich meine angebliche Verletzung ab.

„Tut das weh?", fragt er und ich spüre seinen Atem auf meinem rechten Oberschenkel. Ich würde erneut lügen, wenn mir seine Anwesenheit egal wäre und bevor ich mich jetzt zu einer unüberlegten Handlung hinreißen lasse, muss ich Abstand zwischen uns schaffen.

„Der Schmerz hat schon wieder nachgelassen", sage ich. „Gib mir noch einen Moment und dann ist alles wieder gut."

„Ich glaube dir nicht", brummt Vincenzo und schenkt mir einen tiefen und eindringlichen Blick aus seinen dunkelbraunen Augen, der mich kurz nach Luft schnappen lässt.

„Bist du im Bad bald fertig?", lenke ich ab und hoffe, dass ich ihn damit aus meiner unmittelbaren Nähe schicken kann.

„Sí, ich muss mich nur noch anziehen", sagt er.

Eine verdammt gute Idee.

Eigentlich hatte ich gehofft, dass er sein Vorhaben

zügig umsetzt, doch stattdessen hebt er die Samt-schachtel vom Boden auf, öffnet sie und sagt: „Ich möchte, dass du den Ring trägst."

Meine angeborene Neugier sorgt schon dafür, dass ich den Ring betrachte, der definitiv nicht aus einem Kaugummiautomaten stammt, sondern von einem Luxus-Juwelier.

Vorsichtig nimmt Vincenzo ihn aus der Schachtel und ich habe den Eindruck, dass seine Hand ein we-nig zittert, als er ihn zwischen seinen Fingern hält. Seine schneller werdende Atmung sagt mir, dass ihn die Situation emotional genauso fordert wie mich, denn ich werde von einem plötzlichen Schweißaus-bruch übermannt.

„Mit diesem Ring verspreche ich dir …", beginnt er mit tiefer Stimme und sieht mich dabei intensiv an, „dass ich für deine Sicherheit sorge, bis die Ge-fahr gebannt ist. In dieser Zeit werde ich immer an deiner Seite sein." Dann greift er nach meiner linken Hand und steckt mir den silbernen Ring, der mit ei-nem großen funkelnden Diamanten besetzt ist, an den Finger.

Während ich völlig perplex auf meine Hand starre und mir augenblicklich klar wird, dass dieser wun-derschöne Ring meine Lebensversicherung ist, verschwindet Vincenzo zurück ins Bad.

Heilige Maria!

Das war doch mal ein dramatischer Auftritt und nun fühle ich mich wie eine Braut, deren Ablaufda-tum schon vor Beginn der Ehe festgelegt wurde.

***

Ich habe keine Ahnung, wie lange ich da saß und über Vincenzos Worte nachgedacht habe, als er plötzlich wieder vor mir steht. Zu meiner Beruhigung trägt er jetzt ein schwarzes Hemd sowie eine Anzughose in der gleichen Farbe.

„Aurora? Geht es dir wirklich gut?", fragt er und ich spüre seinen eindringlichen Blick auf mir ruhen.

„Gut?", wiederhole ich ironisch und lache dabei kurz auf. „Das kommt ganz auf die Deutung an."

„Lass uns später darüber reden. Marcello will heute nur Francesco und mich treffen. In meiner Abwesenheit wird Matteo auf dich aufpassen und sollte irgendetwas passieren, dann rufe mich sofort an!"

„Dann war dieses ganze Drama, dass Marcello hier auftauchen könnte, umsonst?", blaffe ich.

Vincenzo antwortet mir nicht und beugt sich stattdessen zu mir runter, um mir einen Kuss auf die Wange zu hauchen.

Echt jetzt?

Einen Augenblick später ist er verschwunden und ich bleibe allein zurück. Damit ich nicht wieder ins Grübeln gerate, beschließe ich, erst meine Wohnung aufzuräumen, bevor ich mich meiner morgendlichen Routine unterziehe. Sobald ich mich salonfähig fühle, treibt mich der Hunger in die große Küche im Erdgeschoss, die wir gemeinsam nutzen, und treffe dort auf Maria, die gerade frisches Brot backt.

„Da bist du ja endlich", begrüßt sie mich und im nächsten Moment spüre ich schon ihre herzliche Umarmung. Wenn ich es jetzt nüchtern betrachte, dann bin ich ab sofort ihre zukünftige Pseudo-

Schwiegertochter. Doch ich mag Maria viel zu gern, um ihre liebevolle Geste nicht zu erwidern. Ich weiß ja, dass sie mich nicht nur wegen ihres Ziehsohnes drückt.

„Kannst du dich um deine Mutter kümmern?", bittet sie mich sofort und sieht mich dabei eindringlich an, als sie fortfährt: „Sie ist mit Donatella im Büro. Matteo und ich machen uns wirklich Sorgen um sie."

„Das mache ich mir auch. Marcello hat Francesco bestimmt nicht grundlos zu sich bestellt", brumme ich.

„Sí!", antwortet Maria knapp und lässt mich wieder los.

„Hast du eine Ahnung, worum es bei dem Treffen geht?", frage ich und begebe mich zum Kaffeeautomaten, der mir einen Latte macchiato zubereiten soll. Während ich mir zwei Toastbrote belege, erzählt mir Maria stattdessen, dass sie uns die nächsten Tage auf dem Weingut unterstützen wird. Das ist eine wirklich gute Idee, denn weder meine Mutter noch ich haben uns in den letzten achtundvierzig Stunden intensiv um das Tagesgeschäft des Weinguts gekümmert. Das muss sich dringend wieder ändern. Trotzdem hat sie meine Frage nicht beantwortet.

Sobald mein Latte macchiato fertig ist, spreche ich sie erneut auf das Treffen an, doch Maria deutet auf den Ring an meiner Hand und sagt: „Er ist wirklich wunderschön."

„Das ist er, nur leider nicht für mich bestimmt", antworte ich und verziehe eine missmutige Miene.

„Wer hat dir das erzählt?", faucht mich Maria an und trocknet sich dabei die Hände an ihrer Schürze ab.

„Vincenzo!"

„Glaube es nicht!", grummelt sie vor sich hin und bindet sich ihre dunklen Haare am Hinterkopf zusammen.

„Du kennst doch bestimmt seine Freundin?", frage ich und versuche so gleichgültig wie möglich zu wirken.

„Aurora!", rügt mich Maria. „Kümmere dich bitte um deine Mutter. Das ist im Moment wichtiger!"

Sie weicht mir aus!

***

Tatsächlich finde ich meine Mutter und Donatella im Nebengebäude vor, wo sich unser Büro befindet und beide liefern sich gerade eine hitzige Diskussion. Sobald sie mich bemerken, hören sie sofort auf und begrüßen mich genauso überschwänglich wie Maria gerade auch. Dabei fällt mir auf, dass meine Mutter in der Tat sehr müde und traurig aussieht, während Donatella der Jungspund unserer Familie zu sein scheint.

„Ihr könnt ruhig weiter diskutieren. Ich höre euch gerne zu", schlage ich vor und setze mich an meinen Schreibtisch, um endlich zu frühstücken.

Doch weder meine Mutter noch Donatella kommen meiner nicht ernst gemeinten Aufforderung nach und nehmen stattdessen mich ins Visier.

„Mir geht es gut", bemerke ich zynisch. „Ich habe eine Karriere als nicht gewollte Mafiosi-Ehefrau vor mir …"

„Aurora!", mahnt meine Mutter. „Was redest du da!"

„Schwachsinn!", brummt Donatella und schenkt mir einen finsteren Blick.

„Wisst ihr …", sage ich und springe von meinem Bürostuhl auf, „ich hoffe einfach, dass Vincenzo seinen Vater … sprich Marcello … überzeugen kann, dass diese blöde Vereinbarung, die er vor etlichen Jahren getroffen hat, in den Papierkorb gehört. Dann hätte dieses ganze Drama ein versöhnliches Ende, indem Vincenzo die Frau heiraten darf, für die dieser Ring tatsächlich bestimmt ist." Um meine Aussage zu bekräftigen, halte ich meine linke Hand hoch, an der der Diamantring funkelt.

Weder meine Mutter noch meine Großmutter äußern sich zu meiner Aussage und werfen sich stattdessen vielsagende Blicke zu.

„Würdet ihr bitte mit mir reden!", fordere ich.

Donatella pustet sich eine ihr ins Gesicht gefallene Locke zur Seite, bevor sie krächzt: „Hast du dir die Gravierung des Rings richtig angesehen?"

„Gravierung? Davon weiß ich nichts", entgegne ich. „Vincenzo hat mir den Ring vorhin an den Finger gesteckt …"

„Dann sieh nach!", fordert mich Donatella auf.

Hilfesuchend sehe ich zu meiner Mutter und auch sie deutet mir, dass ich es machen soll.

Widerwillig ziehe ich mir den Ring vom Finger und suche nach einer Gravur, die tatsächlich existiert. „Hier steht ein Datum …", sage ich und traue meinen Augen nicht. „Das ist erst in zwei Monaten …"

„Was hat das zu bedeuten?", röchle ich.

„Das ist euer Hochzeitstermin!", sagt Donatella emotionslos.

„Ihr verarscht mich gerade, oder? Von einer so schnellen Hochzeit war nie die Rede!", blaffe ich und sehe besonders meine Mutter mit bösem Blick an.

„Da gebe ich dir recht!", grollt diese. „Ich habe erst heute früh von diesem Plan erfahren und außerdem wusste ich nicht, dass Vincenzo bei dir einzieht!"

„Ich sagte doch gestern schon …", keift Donatella, „dass mir dieses Mafia-Getue der Männer nicht gefällt und ich glaube kaum, dass wir Martinelli-Frauen uns das gefallen lassen sollten. So langsam läuft deren Plan in eine Richtung, die mit unserer nicht konform ist."

„Wir haben einen Plan?", frage ich mit hoher Stimme, weil ich davon nichts wusste.

„Dich zu beschützen lautet er!", antwortet meine Mutter mit fester Stimme. „Als ich davon hörte, dass Marcello heute Francesco zu sich bittet, da rechnete ich mit nichts Gutem. Doch Francesco war so gütig, mich einzuweihen, dass es sich bei dem Treffen lediglich um eure Hochzeitsvorbereitungen handeln würde. Danach nahm unser lautstark geführtes Gespräch ein jähes Ende. Aurora! Ich werde definitiv nicht zulassen, dass du Vincenzo heiratest, wenn du es nicht willst!"

„Bestimmt nicht!", sage ich mit tiefer Stimme, denn ich mag es immer noch nicht, wenn man mich für dumm hält. Das hat Vincenzo getan, indem er mir die Lüge über den Kauf des Diamantrings auftischte.

Capitolo 15

Mittlerweile ist es spät am Abend und mit Ungeduld warte ich auf Vincenzo, um ihn zu einer ehrlichen Aussprache zu bitten. Mein Ärger auf ihn ist trotz seiner stündlichen Anrufe oder Textnachrichten – indem er meine Sicherheit abfragte – nicht verflogen. Natürlich hat er bemerkt, dass ich ziemlich missmutig gestimmt bin, doch das ignorierte er gekonnt.

Um meine Anspannung in Maßen zu halten, nerve ich erst Isabella mit einem kurzen Anruf – worin wir uns für morgen zum Frühstück verabreden – und greife nun zu einem Buch, was ich vor ein paar Tagen angefangen habe zu lesen. Es ist ein historischer Roman und es geht darum, dass die Protagonistin ein pikantes Geheimnis hütet und zudem unglücklich verliebt ist.

Genau die richtige Lektüre für mich.

Viele Seiten schaffe ich nicht, denn Vincenzo meldet sich endlich telefonisch und dadurch erfahre ich, dass er bereits vor meiner Wohnungstür wartet, die ich dieses Mal zu meiner eigenen Sicherheit verschlossen habe.

„Entschuldige bitte meine Verspätung", begrüßt er mich und haucht mir tatsächlich wieder einen Kuss auf die Wange.

Doch heute Abend verfehlt er, aufgrund meiner angespannten Stimmung, die emotionale Wirkung

bei mir und ich folge ihm schweigend in mein Wohnzimmer.

Wie selbstverständlich setzt er sich dort auf die
Couch und präsentiert mir sofort zwei große Kuverts,
die ich skeptisch zur Kenntnis nehme.

„Ich weiß, dass du total verärgert bist", sagt er,
schenkt mir einen flüchtigen Blick und öffnet dann
einen der Briefumschläge.

„Verärgert trifft es nicht ganz", sage ich mit viel
Ironie in der Stimme. „Außerdem, woher willst du
das wissen? Hast du mein Smartphone gehackt, damit du mich abhören kannst?"

„Das brauche ich nicht, denn das erkenne ich
schon an deiner Ausdrucksweise", murmelt er und
sortiert dabei ein paar bedruckte weiße Blätter.

Was für ein arroganter Schnösel!

„Jetzt werde mal nicht persönlich und was soll das
Ganze hier?", fauche ich und deute auf die Briefumschläge.

„Ich war heute beim Anwalt und habe die Verträge
abgeholt, die er verfasst hat …"

„Am Sonntag!", blaffe ich.

„Sí. Ich habe so viel Einfluss, dass ich sogar nachts
mit einem Problem dort auftauchen könnte …"

„Hattest du heute Arroganz zum Mittag?", gifte
ich.

Vincenzo sieht mich daraufhin ungläubig an und
flüstert: „Entschuldige! Du bist die letzte Person, die
meinen Groll spüren soll …"

„Ach … du wurdest auch hintergangen?", frage
ich provokant.

Vincenzo ignoriert meine Frage und erklärt mir

stattdessen die Unterlagen für den Investitionsvertrag.

„Ich brauche keine vier Millionen Euro", wende ich energisch ein.

„Das weiß ich. Francesco hat mich über deine Bedenken aufgeklärt. Der Vertrag beinhaltet eine versteckte Klausel, dass er nur zwischen Aurora Martinelli und Vincenzo Conti gilt. Ändert nur einer von uns den Namen, dann verliert er seine Gültigkeit. Im Klartext heißt das, sollte ich tatsächlich gezwungen sein, das Erbe meines leiblichen Vaters antreten zu müssen, dann bist du nicht darin involviert."

„Sowas ist rechtlich möglich?", zweifle ich.

„Meine Anwälte haben lange damit zugebracht, die richtige Formulierung zu finden. Besonders, damit Marcello nicht dagegen angehen kann, weil er den Vertrag genau prüfen lassen wird und wir wollen doch nicht, dass er unsere Liebeslüge enttarnt."

Liebeslüge.

Aus Vincenzos Mund klingt das so abgeklärt. Für ihn scheint es tatsächlich nur eine interne Abmachung zu sein und das beweist, dass Donatella recht hatte mit ihrer Warnung, mich nicht in ihn zu verlieben.

„Ich lese mir den Vertrag durch und ..."

„Sofort!", unterbricht mich Vincenzo und hält mir die Papiere hin. „Wir haben keine Zeit!"

„Ich werde das erst mit meiner Familie besprechen!", entgegne ich entschlossen.

„Francesco kennt diese Vereinbarung und ..."

„Nicht seiner Familie gehört dieses Weingut, sondern es ist das Erbe meiner Großmutter und ohne ihr

Einverständnis unterschreibe ich nichts. Das wird doch noch bis morgen früh Zeit haben!"

„Du scheinst die Ernsthaftigkeit der Lage nicht zu erkennen…", mahnt Vincenzo und sieht mich dabei finster an.

„Woher denn? Ich bin unter normalen Verhältnissen aufgewachsen und führe ein Leben, wie viele andere Menschen auch …"

„Das weiß ich und ich versuche wirklich, dich aus meinem Leben rauszuhalten, weil es …" Vincenzo stockt plötzlich, senkt den Blick und fährt sich mit der linken Hand durch seine kurzen Haare. Dabei wirkt er nervös und unsicher.

„Weil es … zu gefährlich ist", beende ich seinen Satz und warte auf seine Reaktion.

„Nicht nur das, sondern weil nicht einmal ich die leiseste Ahnung habe, was das Schicksal mir zukünftig abverlangt. Die Verantwortung für dein Leben bereitet mir große Sorgen …"

„Die hast du doch nicht!", wende ich ein.

„Doch! Das bin ich Francesco schuldig. Er hat mich wie seinen eigenen Sohn großgezogen und ist auch heute noch an meiner Seite. Spätestens seit ich Marcello von unserer Verlobung erzählt habe, bist du zwar erst einmal vor ihm sicher, aber das ist auch schon alles."

Ich ahne, was mir Vincenzo mit dieser Aussage mitteilen will. Sobald ich erst einmal seine Ehefrau bin und er in den Fokus der Widersacher von Marcello gerät, dann muss er unser beider Leben schützen.

„Gibt es keine Alternative?", frage ich.

„Ich sehe keine", antwortet Vincenzo und wirkt niedergeschlagen.

„Hmm ...", brumme ich. „Wenn wir nicht heiraten, dann beseitigt mich wahrscheinlich Marcello ... und mit einer Hochzeit ... irgendein verfeindeter Mafia-Clan. Das sind doch beste Aussichten ..."

„Aurora! Das ist nicht lustig!", faucht Vincenzo.

„Siehst du mich lachen?", fauche ich zurück.

***

Eigentlich müsste ich mich bei den trüben Aussichten meiner Zukunft schlecht und verzweifelt fühlen, doch stattdessen spüre ich meinen inneren Kampfgeist, der mich klare Gedanken fassen lässt. Zumindest nehme ich das an. Vielleicht ist es auch mein emotionales Chaos gegenüber Vincenzo, was die negativen Erfolgschancen auf eine glückliche Ehe mit ihm verharmlost.

„Wieso hast du mir nichts von dem Hochzeitstermin erzählt?", will ich nun wissen.

Anstatt zu antworten reicht mir Vincenzo den zweiten Stapel Papiere und plötzlich halte ich einen Ehevertrag in den Händen. „Hast du Angst, dass ich dich ruiniere?", frage ich und bin entsetzt.

„No! Du kannst von mir alles haben. Ich dachte nur, dir ist es lieber so. Außerdem kommt dort bei Namensänderung die gleiche Klausel zur Anwendung wie bei dem Investitionsvertrag. Den kurzfristigen Hochzeitstermin habe ich deshalb festgelegt, weil auf Marcellos Bruder letzte Woche in Palermo ein Anschlag verübt worden ist und zusätzlich muss ich damit rechnen, dass dort die Lage eskaliert. Sollte Marcello also ebenfalls etwas passieren, dann bist du schnell wieder eine freie Frau, weil ich dann nach Sizilien muss …"

„Du bist doch nicht verpflichtet, das Erbe deines Vaters anzutreten. Wer zwingt dich dazu?", entgegne ich.

„Loyalität meiner Familie gegenüber", antwortet Vincenzo und klingt dabei nicht glücklich.

„Hast du denn eine Ahnung, wie so ein Mafia-Clan funktioniert?", frage ich aus meiner Ahnungslosigkeit heraus.

Vincenzo ringt das ein Lachen ab und er bleibt damit nicht alleine. „Wenn ich richtig informiert bin", sagt er und schmunzelt dabei, „dann gebe ich als Boss nur die Befehle und andere Mitglieder der Familie müssen sie ausführen …" Er versucht, die Situation genauso zu entschärfen wie ich mit meiner naiven Frage. Doch dann wird er wieder ernst und erzählt mir, dass sein Fokus auf Marcellos Überleben gerichtet ist, anstatt sich auf sein Erbe vorzubereiten. „So lange er lebt und die Organisation leitet, brauche ich nicht in den Vordergrund treten. Deshalb habe ich mich heute auch mit ihm zu einem Vier-Augen-Gespräch getroffen."

„Ich dachte, es ging um den Hochzeitstermin …", frage ich nach.

Vincenzo erklärt mir, dass er die Gelegenheit genutzt hat, um endlich persönlich mit Marcello zu reden.

„Dann lässt er hoffentlich auch Francesco unbehelligt", äußere ich.

„Zu diesem Thema hat er weiterhin geschwiegen. Ich bin mir sicher, dass unsere Hochzeit Francesco rehabilitieren wird. Bis dahin steht er genauso unter meinem Schutz wie deine gesamte Familie. Das habe ich Marcello zum Abschied mit auf den Weg gegeben", sagt Vincenzo mit fester Stimme.

Überzeugt bin ich davon nicht, aber so langsam begreife ich, dass auch ich aktiv werden muss. Vielleicht sollte ich mich Marcello als seine zukünftige Schwiegertochter einfach einmal persönlich vorstellen.

Ob das ein guter Plan ist?

Während ich mir darüber Gedanken mache, murmelt Vincenzo etwas Unverständliches vor sich hin.

„Was hast du gesagt?", frage ich schon wegen meiner angeborenen Neugier.

„Ich bin ein wenig verärgert ...", sagt er und grinst dabei dümmlich.

„So siehst du aber nicht aus", entgegne ich und schmunzle ebenfalls.

„Wenn wir jetzt keinen Ehevertrag abschließen ...", beginnt er und tut dabei so, als würde er ernsthaft nachdenken, „dann muss ich bei einer Scheidung meine Sportwagen-Sammlung mit dir teilen ..."

„Deine ... was?", stottere ich und glaube, mich verhört zu haben.

„Auch ich habe eine große Leidenschaft für schnelle Autos", sagt er und schenkt mir ein breites Lächeln.

Der Mann treibt mich noch in den Wahnsinn.

„Dann ist der schwarze Sportwagen, den ich

kürzlich fahren durfte, definitiv meiner", antworte ich provokativ und zwinkere Vincenzo dabei verschwörerisch zu.

„Ich wusste es!", sagt er, springt von der Couch auf und baut sich direkt vor meinem geliebten Ohrensessel – und infolgedessen auch vor mir – auf. Dann stützt er seine Hände rechts und links auf den Armlehnen ab und betrachtet mich so intensiv, dass ich schwer schlucken muss, weil mich nicht nur sein Blick, sondern auch seine unmittelbare Nähe nervös macht. Als er anfängt zu sprechen, hänge ich förmlich an seinen wohlgeformten Lippen.

„Hörst du mir überhaupt zu?", fragt er mit tiefer Stimme.

„Natürlich!", antworte ich und sehe in seine dunkelbraunen Augen, was auch nicht besser ist. „Aber du kannst deine Worte gerne noch einmal wiederholen, weil ich abgelenkt war und deinem Vorschlag nicht traue." Es ist ja nicht so, dass ich gar nichts mitbekommen habe.

Vincenzo schenkt mir daraufhin das charmanteste Lächeln, was ich je in meinem Leben erhalten habe.

„Du darfst dir aussuchen, ob du den schwarzen oder den weißen Sportwagen willst", flüstert er und sein schmachtender Blick schafft es dieses Mal nicht, mich zu beeinflussen. Der Grund dafür ist sein verlockendes Angebot.

„Du hast zwei Autos von der gleichen Sorte?"

„Das sagte ich doch! Die waren im Angebot und da konnte ich nicht widerstehen …"

Schon klar!

„Also, was machen wir jetzt? Zerreißen wir den

Ehevertrag?", drängt er.

„Wirken wir dadurch glaubhafter?"

„Vor Marcello definitiv …", antwortet Vincenzo und stellt sich wieder gerade hin.

„Dann lass uns doch anstatt des Ehevertrages eine heimliche Vereinbarung treffen, dass das Eigentum, was vor der Eheschließung im jeweiligen Besitz war, unantastbar ist …"

„Willst du das wirklich?", fragt er skeptisch.

„Ich fühle mich besser dabei, denn im Grunde genommen bin ich mittellos. Noch gehört das Weingut Donatella …"

„Aurora! Lass es gut sein. Ich vertraue dir!", sagt Vincenzo, greift nach den Ausfertigungen des Ehevertrags und zerreißt ihn vor meinen Augen in kleine Schnipsel. „Wo ist dein Papierkorb?"

„Im Abstellraum", antworte ich leise, weil ich nicht damit gerechnet habe, dass er tatsächlich darauf verzichtet.

Während Vincenzo die Schnipsel unseres Ehevertrages wegbringt, versuche ich die letzte halbe Stunde Revue passieren zu lassen. Weit komme ich nicht, denn mein zukünftiger Ehemann steht recht schnell wieder vor mir und offenbart mir eine weitere Überraschung. „Ich habe dir eine E-Mail geschickt, in der ich dir ein paar Vorschläge unterbreite, wo wir als verheiratetes Paar leben können. Entweder wir ziehen nach Florenz und wohnen dort in einer Stadtvilla oder wir suchen uns ein Castello nicht weit entfernt von hier. Die Wahl liegt ganz bei dir."

Überraschung gelungen!

„Du denkst wirklich an alles", lobe ich.

„Weder im Castello von Francesco noch hier bei deiner Mutter und Großmutter zu leben wäre eine glaubhafte Alternative. Außerdem möchte ich nicht, dass du dir jeden Abend die Decke bis unters Kinn ziehen musst, sobald ich ins Bett komme …"

Beim letzten Satz muss er schmunzeln. Ich hingegen sage tonlos: *Du hast keine Ahnung, warum ich das tue.*

Vincenzo scheint meine Sprachlosigkeit zu sorgen, denn er sagt plötzlich zu mir: „Ich weiß, dass du dir ein ganz anderes Leben erhofft hast. Leider kann auch ich dir das nicht bieten. Aber ich werde alles versuchen, es dir so erträglich wie möglich zu machen …"

Wie nett er doch ist.

„Du musst kein Mitleid mit mir haben", schnarre ich, „wer auch immer dir eine Auskunft über meine Bedürfnisse gegeben hat, sollte sich dafür schämen. Außerdem, wir leben im 21. Jahrhundert und wenn ich ein Kind haben möchte, brauche ich heutzutage nicht mal einen Mann dazu. Also mach dir keine Sorgen, dass ich dich zu irgendetwas nötige."

„Aurora! Ich wollte dich nicht verletzen", stammelt Vincenzo.

„Schön! Ich dich schon!", gifte ich, stehe auf und flüchte ins Bad.

***

Das lauwarme Wasser prasselt an meinem nackten Körper herunter und spült gleichzeitig meine Tränen davon.

Tatsächlich hat Vincenzos Aussage meine – nach der Trennung von Ricardo – unterdrückten Wünsche und Vorstellungen wieder hervorgeholt. Zu meinem Verdruss spüre ich wieder diese Sehnsucht nach einer kleinen Familie, die nun erneut in weite Ferne rückt.

Das heftige Klopfen an der Badtür erschreckt mich. „Aurora! Geht es dir gut?" Vincenzos Stimme klingt besorgt.

„Sí!", rufe ich zurück und drehe das Wasser ab. Leicht fröstelnd trockne ich mich ab und wickle mich danach in meinen Bademantel.

So angezogen treffe ich auf meinen Verlobten, der mich mit durchdringendem Blick ansieht.

„Es ist alles in Ordnung", wiegle ich sofort ab, damit er mir erst gar keine unangenehmen Fragen stellen kann.

„Ich glaube dir kein Wort", antwortet er und geht ebenfalls ins Bad.

Diesen Augenblick nutze ich, um mir ein Top und Shorts anzuziehen und schnappe mir auf dem Weg ins Bett noch meinen Laptop. Neugierig, wie ich nun einmal bin, checke ich die E-Mail von Vincenzo und sehe mir kurze Zeit später seine Empfehlungen für unseren gemeinsamen Wohnsitz an. Der Mann trifft tatsächlich meinen Geschmack. Allerdings sind die Preise für die Immobilien absolut inakzeptabel. Außerdem will ich hier gar nicht wieder ausziehen oder anders ausgedrückt, ich möchte nur wieder mit einem Mann zusammenwohnen, der mich aus Liebe von hier weglockt.

Plötzlich höre ich, dass Vincenzo das Bad verlässt

und automatisch wird mein Puls schneller. Um ihn erst gar nicht ansehen zu müssen, starre ich intensiv auf den Bildschirm des Laptops.

„Du arbeitest noch?", fragt er sichtlich erstaunt.

Schön durchatmen, ermahne ich mich tonlos.

„Ich sehe mir deine Vorschläge an", nuschle ich und versuche, beschäftigt auszusehen.

Anscheinend funktioniert meine Ablenkungsmethode, denn Vincenzo läuft um das Bett herum und verschwindet somit aus meiner unmittelbaren Nähe. Plötzlich greift er nach dem Bettzeug, was mich nötigt aufzusehen und gibt mir mit einer Geste zu verstehen, dass er im Wohnzimmer schläft.

„Ernsthaft?", frage ich und bin total überrascht.

„Es ist besser so. Ich bin heute früh mit meiner Aktion zu weit gegangen, doch der unerwartete Besuch von Marcello hat meinen Plan sabotiert", entschuldigt er sich.

„Wie schon einmal gesagt … man hätte miteinander offen reden können", antworte ich mit einem Hauch Ironie in der Stimme.

„Wie du siehst, bin ich lernfähig …", sagt er und deutet auf meinen Laptop.

„Dann sollten wir auch zusammen unseren zukünftigen Wohnsitz aussuchen", schlage ich in meiner naiven Art vor.

„Sehr gerne."

So schnell kann ich gar nicht reagieren, wie Vincenzo halbnackt neben mir im Bett sitzt.

Verdammt!

Schicksal! Du willst mich auf die Probe stellen?

Mit gespielter Ignoranz gegenüber seiner

verführerischen Anwesenheit gehe ich mit Vincenzo jedes einzelne Wohnobjekt durch, wobei ich einige Zweifel habe. „Warum brauchen wir so viel Wohnfläche? Ich meine ... keines der Objekte hat weniger als 400 Quadratmeter. Wer soll das alles reinigen?"

„Sind das tatsächlich deine Sorgen?", fragt er und in seiner Tonlage schwingt eine Mischung aus Scherz und Bedrohung mit.

Wenn er wüsste.

„Sagen wir es so ...", beginne ich und sehe ihn kurz an, „ich habe es nicht vergessen, dass dieser Diamantring meine momentane Lebensversicherung ist. Was damit alles in Verbindung steht, versuche ich erst noch zu begreifen. Das wird noch eine Weile dauern und deshalb ..."

„Ich hätte mehr Rücksicht auf dich nehmen müssen", unterbricht mich Vincenzo und wendet sich ab. Dann steht er auf, schnappt sich erneut sein Bettzeug und dieses Mal lasse ich ihn einfach gehen.

Capitolo 16

Es ist Montagmorgen und ich befinde mich mit meinem Sportwagen auf der Landstraße, die in die fünf Kilometer entfernte kleine Ortschaft führt, in der Isabella wohnt. Allein bin ich nicht, denn Francesco bestand bei unserem überraschenden Treffen in unserer Gemeinschaftsküche darauf, dass er mich gerne begleiten möchte. Während meine Mutter seine Bitte mit Bedenken kommentierte, drohte Donatella ihm, ihn unverzüglich mit dem Luftgewehr zu erschießen, sollte er mich in Gefahr bringen.

„Warum war meine Großmutter heute früh so schlecht auf dich zu sprechen?", frage ich Francesco, der – im hellen Leinenanzug – entspannt neben mir sitzt. Ich schätze, das ist er nur, weil der fitnessbesessene Chauffeur mit seiner Limousine direkt hinter uns fährt und wohl unsere Rückendeckung ist.

„Donatella hält es für eine idiotische und zugleich gefährliche Idee, wenn man uns zusammen sieht ...", erklärt mir Francesco.

„Und? Hat sie recht?"

„Teilweise schon ...", gibt er zu. „Aber ich würde nichts tun, was dich in Gefahr bringt und außerdem habe ich diesen Plan mit Vincenzo abgestimmt."

„Er kann nicht wissen, dass ich zu Isabella fahre, weil er heute früh schon verschwunden war, als ich aufgestanden bin", werfe ich ein.

„Du hast gestern Abend mit ihr telefoniert und Giulio war dort anwesend …"

„So eine kleine Petze", murmle ich vor mich hin. Allerdings bin ich mir sicher, dass Vincenzo schon ahnte, dass ich mich heute mit Isabella treffen würde, denn in seiner Textnachricht, die er mir vor einer Stunde schickte, machte er eine versteckte Andeutung.

„Weißt du, wo mein zukünftiger Ehemann ist?", frage ich und erwarte nur eine ausweichende Antwort. Zu meiner Überraschung knurrt Francesco: „Er trifft sich erneut mit Marcello und das gefällt mir gar nicht."

„Warum?", will ich wissen.

„Ich traue diesem Mann nicht und außerdem möchte ich nicht, dass Vincenzo meinen Kampf führt. Nicht er hat diese Vereinbarung abgeschlossen, sondern ich."

„Wenn ich Vincenzo gestern Abend richtig verstanden habe, ist sein oberstes Ziel, dafür zu sorgen, dass Marcello überlebt, damit er nicht in seine Fußstapfen treten muss", sage ich und biege in die Straße ein, wo sich Isabellas Pasticceria befindet.

Francescos Antwort auf meine Aussage ist ein Schweigen, was mich stutzig macht. „Stimmt etwas nicht?", frage ich deshalb.

„Meine Angst besteht darin …", beginnt er und klingt dabei sehr nachdenklich, „dass Marcello seinen Sohn als Druckmittel für seinen Machtkampf einsetzen wird. Dies ist meine größte Befürchtung."

„Und was ist dann mit eurer völlig idiotischen

Vereinbarung?", gebe ich zu bedenken, während ich tatsächlich vor Isabellas Pasticceria einen Parkplatz finde.

„Marcello ist kein Dummkopf und ich bin mir sicher, dass er nicht erst seit Ricardos Auftauchen von deiner Existenz wusste. Er wartet einfach ab, wie sich die Ereignisse entwickeln und solange wir ihm nicht im Weg stehen, wird er so tun, als wüsste er von nichts. Denke immer daran, dass du die Verlobte von Vincenzo bist, nur das zählt und das ist deine Lebensversicherung. Mich kennst du nur, weil ich der Freund deiner Mutter bin. Die wahren Verstrickungen musst du für dich behalten, besonders, dass du Kenntnis von Marcello Rossetti hast!" Den letzten Satz sagt Francesco mit Nachdruck und ich verstehe, was er damit meint.

„Jetzt genieße die Zeit mit Isabella", lenkt er mit warmherziger Stimme ab. „Ich werde wie immer in deiner Nähe sein und auf dich aufpassen." Dann nimmt er meine Hand und drückt sie.

Am liebsten würde ich ihn jetzt fest umarmen für seine liebenswerte Geste, die mir wirklich viel bedeutet, aber sollte uns jemand beobachten, könnte dies fatale Folgen haben. Deshalb schenke ich ihm vorerst ein seliges Lächeln und drücke zeitgleich seine Hand. Meine Umarmung hebe ich mir für später auf.

***

Sobald ich die Pasticceria von Isabella – die noch wenig besucht ist – betreten habe, schwebt mir die

175

Inhaberin wie eine grazile Elfe entgegen. Ihre darauffolgende feste Umarmung nötigt mich zu der Aussage: „Wenn ich deinen Gefühlszustand richtig beurteile, dann ist der Sex mit deinem Pseudo-Maler fantastisch."

„Glaube mir, wenn der Typ mich nur anguckt, habe ich schon einen Eisprung", knurrt Isabella und unterzieht mich in der nächsten Sekunde einer intensiven Musterung. „So ernst wie du guckst, sind deine Eierstöcke eingefroren …"

„Noch nicht … aber ich sollte sie auf Eis legen. Die werden in der nächsten Zeit nicht gebraucht."

„Ich will alles wissen!", fordert Isabella und zieht mich mit zum Tisch in die hinterste Ecke ihrer Pasticceria. „Anweisung von ganz oben", raunt sie mir zu.

„Vincenzo?", brumme ich.

Sie nickt mit einer vielsagenden Mimik und bittet mich dann, Platz zu nehmen.

„Ist er etwa hier?", frage ich leise.

„No! Aber Giulio führt brav seine Anweisungen aus. Ist eure Situation tatsächlich so beschissen, wie er mir erzählt hat?"

Als Antwort halte ich ihr meine linke Hand vor das Gesicht, an der mein Diamantring funkelt. „Meine Lebensversicherung!"

„Was ist das denn für ein edles Teil?", schwärmt Isabella. Dann fügt sie nachdenklich hinzu: „Wieso kauft er dir so einen sündhaft teuren Ring, wenn er keine Gefühle für dich hat?"

„Erst dachte ich, dass der Ring gar nicht für mich bestimmt ist und Vincenzo dementierte meine

Vermutung auch nicht. Doch Donatella wusste es wieder besser und machte mich darauf aufmerksam, dass ein Datum eingraviert ist."

„Ein Datum? Und wann ist das?", flüstert Isabella.

„In zwei Monaten."

„Dann war meine Recherche im *Darknet* zum richtigen Zeitpunkt", wispert Isabella.

„Du warst da wieder …", zische ich.

„Psst. Giulio hat schon geschlafen und nichts davon mitbekommen. Die Informationen, die ich erhalten habe, sind gravierend …"

„Jetzt mach es nicht so spannend!", knurre ich Isabella an, die mich plötzlich mit weit aufgerissenen Augen und fahler Gesichtsfarbe ansieht. Bevor ich fragen kann, was los ist, presst sie einen Namen hervor, der mir einen Schauer über den Rücken jagt.

Gleichzeitig droht mein Smartphone zu explodieren – was ich in meiner kleinen schwarzen Umhängetasche trage – weil mich in Sekundentakt Nachrichten erreichen. Ich muss nicht nachsehen, um zu wissen, wer der Absender ist.

„Sieh nicht hin!", warnt mich Isabella. „Verdammte Scheiße! Er kommt direkt auf dich zu."

„Lass ihn nur herkommen!"

„Bist du wahnsinnig?"

Bei ihrer berechtigten Frage sehe ich auf und erblicke Ricardo, der aussieht, als hätte er mehrere Nächte durchgezecht. Von dem einst eleganten Traummann, der er zu jeder Tages- und Nachtzeit für mich war, ist nichts mehr übriggeblieben. Sein dunkler Vollbart wirkt ungepflegt und seine fettig aussehenden Haare fallen ihm wirr ins Gesicht. Auf diese Weise macht er mir tatsächlich den Abschied von ihm leicht. Vor gut einer Woche hätte mich diese Situation völlig durcheinandergebracht.

„Hallo, Aurora", begrüßt er mich mit gebrochener Stimme, „darf ich mich kurz zu dir setzen?"

„No!", faucht Isabella sofort los.

Ich bin allerdings anderer Meinung. „Isabella!", sage ich im ernsten Ton, „kannst du uns bitte alleine lassen? Dass hier geht nur uns beide an." Mit flehendem Blick versuche ich, ihr die Bedeutung meiner Worte klarzumachen, denn ich brauche diese Chance, um endlich mit diesem Mann abschließen zu können.

Fast unmerklich nickt sie mir zu und verlässt unter lautem Getöse den Tisch, um sich an den gegenüberliegenden zu setzen, an dem gerade Giulio Platz genommen hat.

Da Ricardo mit dem Rücken zum restlichen Geschehen sitzt, sieht er nicht, was hinter ihm passiert. Das nötigt mich zu der Annahme, dass er entweder ein naiver Mafioso ist oder er einen mörderischen Plan verfolgt.

„Was willst du von mir?", zische ich ihn unverhohlen an, schenke ihm zusätzlich einen provokanten Blick und verstecke meine Hand unter dem Tisch, an der meine Lebensversicherung funkelt. Mein Ex-Freund muss davon erst einmal nichts wissen.

Ricardo ist sichtlich erstaunt über meine harsche Vorgehensweise, denn die kennt er nicht von mir.

„Ich bin hier, um dich zu warnen", sagt er mit freundlicher Stimme.

Na sicher!

Ich kann nicht anders und lache zynisch auf. „Du bist so nett zu mir …"

„Aurora? Ich weiß, dass ich dich sehr verletzt habe, aber …"

„Es gibt kein ABER!", unterbreche ich ihn ungehalten. „Du bist die erbärmlichste Kreatur, die mir je begegnet ist, weil du mich nicht nur angelogen, sondern auch mein Vertrauen missbraucht hast. Du gehörst einer Mafia-Familie an und …"

„Wer hat dir das erzählt?", blafft er mich an und seine Gesichtszüge verhärten sich. Dann greift er grob nach meinem rechten Handgelenk und hält es fest.

„Lass mich los! Oder möchtest du, dass ich die gesamte Kavallerie in Marsch setze?", fauche ich und blicke kurz zur Seite und entdecke Giulio, der mit finsterem Gesichtsausdruck telefoniert und bestimmt Vincenzo Bericht erstattet. Außerdem gibt es noch Francesco und dessen Chauffeur, die vor der Pasticceria warten und mir sofort zur Hilfe eilen würden. Allerdings möchte ich so einen Auflauf in Isabellas Geschäft vermeiden und versuche, erst einmal selbst mit Ricardo klarzukommen.

„Ich bin nicht blöd, Aurora. Ich weiß, dass du die ganze Zeit bewacht wirst. Glaubst du wirklich, dass ich mich nur wegen einer lapidaren Warnung an dich in so eine Gefahr begeben würde?"

Eher nicht.

Für ein paar Sekunden überlege ich, was ich Ricardo antworten kann, als sich plötzlich eine Gestalt in meinen Blickwinkel schiebt und diese sich zielstrebig unserem Tisch nähert.

Marcello Rossetti.

Auch wenn ich mich nicht persönlich an ihn erinnere, verrät mir schon sein selbstbewusster Gang und seine elegante Kleidung, dass er kein Angestellter von irgendeinem Weingut aus der Nähe ist.

„Signora!", spricht mich Marcello freundlich an, fährt sich kurz über sein glattrasiertes Kinn, bevor er seine kräftige Hand auf Ricardos Schulter legt und so fest zudrückt, dass dieser kurz zusammenzuckt. „Sie werden doch nicht bedroht, oder?"

„Natürlich nicht!", antworte ich und schenke Marcello ein falsches Lächeln.

„Ich glaube ...", beginnt Marcello mit kratziger Stimme und beugt sich bedrohlich nah zu Ricardo, „diese Signora wünscht, dass du jetzt gehst!" Dabei kann ich beobachten, wie sich seine kräftigen Finger in Ricardos Schulter bohren und dieser sich kurz vor Schmerz windet.

Moment! Nicht so schnell.

„Ich möchte noch ein paar Abschiedsworte sagen", fordere ich.

Marcello schenkt mir daraufhin ein wohlwollendes Lächeln und gleichzeitig mustert er mich mit seinen ausdrucksstarken, dunkelbraunen Augen, die Vincenzo definitiv von ihm geerbt hat.

Mit Abscheu, die sich ohne Zweifel in meiner Stimme widerspiegelt, sage ich daraufhin zu Ricardo: „Solltest du es wagen, meine Familie, meine Freunde oder mich noch einmal zu behelligen, dann werde ich dich genauso zu Boden ringen, wie du es mit mir getan hast. Glaube mir, du weißt nicht,

180

wie grausam ich sein kann, wenn man mich hintergeht. Und jetzt verschwinde nicht nur aus meinem Blickfeld, sondern gehe wieder zurück in das Loch, aus dem du gekrochen bist, Signore Barone!"

Ricardos hämisches Grinsen, was er bei meinen Worten aufsetzt hat, erstirbt genau in dem Moment, als ich seinen wahren Nachnamen ausspreche.

Capitolo 17

Marcellos plötzliches Auftauchen scheint bei Ricardo so einen großen Eindruck hinterlassen zu haben, dass er nach meiner Ansage tatsächlich wortlos aufsteht und gehen will, hätte sich nicht plötzlich Vincenzo ihm in den Weg gestellt. Für einen Augenblick messen sich beide mit Blicken, bis Vincenzo Ricardo droht: „Fasst du meine Verlobte noch einmal an, dann ziehe ich die notwendigen Konsequenzen daraus!"

Ricardo antwortet darauf nichts, sondern dreht sich zu mir um und betrachtet mich erneut mit diesem hämischen Grinsen. Dann schnalzt er mit der Zunge, wendet den Blick ab und drängt sich an Vincenzo vorbei, um die Pasticceria zu verlassen.

Giulio folgt ihm fast zeitgleich, bestimmt, um sicherzugehen, dass Ricardo tatsächlich verschwindet.

Dann wendet sich Vincenzo ohne Umschweife Marcello zu und blafft ihn aufgebracht an: „Wie konnte das passieren?"

„Ganz ruhig!", mahnt Marcello und sieht plötzlich zu mir, als er sagt: „Ich war doch zur richtigen Zeit da, um deine wunderschöne Verlobte zu beschützen."

„Das wäre nicht nötig gewesen, wenn du das Problem Barone bereits geklärt hättest!", grollt Vincenzo.

„Sí. Sí. Es ist in Arbeit!", beschwichtigt Marcello seinen Sohn.

„Ich warte nicht mehr lange! Sonst nehme ich mich des Problems an!", droht Vincenzo seinem Vater und dabei ist sein Gesicht kantig vor Wut.

Marcello ignoriert gekonnt die Drohung und klopft ihm zur Beruhigung auf die Schulter, was Vincenzo sichtlich zuwider ist, denn er wendet sich mit einer flapsigen Geste ab. Bereits im nächsten Augenblick ist er bei mir am Tisch und setzt sich auf den freien Stuhl, der neben mir steht. „Geht es dir gut?", fragt er mit warmer Stimme und betrachtet mich skeptisch.

„Besser als vorgestern …", wispere ich und lächle Vincenzo liebevoll an, weil ich spüre, dass Marcello uns verstohlen beobachtet. Jetzt ist wohl der Zeitpunkt gekommen, ein verliebtes Pärchen zu spielen.

Mein Pseudo-Verlobter scheint der gleichen Meinung zu sein, denn plötzlich spüre ich einen Kuss auf meiner Stirn. Diese überaus nette Geste bringt mich noch mehr durcheinander, als ich so schon bin, und ich frage mich, ob ich irritiert sein soll über Vincenzos gespielte Aufmerksamkeit oder Ricardos Dreistigkeit, hier einfach aufzutauchen?

„Es tut mir leid", beginnt Vincenzo, greift nach meiner linken Hand und drückt sie leicht, „dass ich dieses Aufeinandertreffen nicht verhindern konnte."

Noch mehr Zärtlichkeiten?

„Du musst dich nicht entschuldigen", säusle ich und sehe ihm direkt in seine dunkelbraunen Augen, „ich konnte Ricardo endlich sagen, was ich von ihm halte und jetzt geht es mir besser." Das ist nicht einmal gelogen, aber ich weiß auch, dass mein Ex-freund nicht so einfach aufgeben wird. Dafür kenne ich ihn, denn er ist ein sehr ehrgeiziger Mann, der seine Ziele intensiv verfolgt. Früher hielt ich das für eine gute Eigenschaft, heute bin ich mir sicher, dass es eher der Gepflogenheit seiner Mafia-Zugehörig-keit geschuldet ist.

„Wie ich sehe …", beginnt Marcello und schenkt mir einen durchdringenden Blick, „ist meine Anwe-senheit hier nicht mehr vonnöten."

„Das war sie auch vorher nicht!", knurrt Vincenzo.

„Sí! Es war mir trotzdem ein Vergnügen", sagt er und verabschiedet sich mit einer theatralischen Geste von mir. Dann wendet er sich ab und begibt sich zum Ausgang.

Vincenzo sieht ihm nur kurz nach und murmelt dann ein paar unverständliche Worte vor sich hin.

„Er ist weg!", sage ich. „Du kannst meine Hand wieder loslassen."

„Vielleicht will ich das gar nicht", brummt er und kommt trotzdem meiner Bitte nach.

Echt jetzt? Wie soll ich jemals diesen Mann ver-stehen?

Während ich noch in meinen Gedanken festhänge, steht plötzlich mein Vater mit grimmigem Gesichts-ausdruck an unserem Tisch und schnarrt Vincenzo leise, dafür umso aufgebrachter an: „Wieso hast du dich nicht an unsere Abmachung gehalten?"

Vincenzo scheint überrascht von Francescos Un-gehaltenheit zu sein, denn er blafft zurück: „Was soll das?"

„Niemand, außer Marcello …", beginnt mein

Vater leise, „sollte erfahren, dass du mit Aurora verlobt bist. Mit deiner idiotischen Bemerkung gegenüber Ricardo hast du sie noch mehr in Gefahr gebracht. Ab jetzt übernehme ich ihren Schutz! Lass sie einfach in Ruhe!"

Ich kann in diesem Moment nur erahnen, dass wohl Giulio der Informant ist, denn er war es, der draußen sicherstellen sollte, dass Ricardo tatsächlich verschwinden würde und Francesco wird ihn dabei abgefangen haben.

Vincenzo scheint mit der Aussage meines Vaters wahrlich Probleme zu haben, denn er verschafft sich – ohne sich von mir zu verabschieden – den nötigen Freiraum und verlässt die Pasticceria mit großen Schritten. Giulio folgt ihm, aber erst, nachdem er sich mit einem innigen Kuss von Isabella verabschiedet hat.

Das sieht nach Leidenschaft aus.

***

Francescos ungehaltenes Verhalten gegenüber Vincenzo kann ich zwar nachvollziehen, aber ob es in dieser Situation angebracht war, wage ich anzuzweifeln. Da ich erst dabei bin, beide näher kennenzulernen, kann ich natürlich auch nicht einschätzen, was sie wirklich für ein Verhältnis zueinander haben. Ich bin mir aber sicher, dass ich in den nächsten Tagen noch genug Gelegenheit dazu haben werde.

„Nach deinem Frühstück würde ich dir gerne etwas zeigen. Ich warte in deiner Nähe auf dich", sagt

Francesco zu mir und tätschelt dabei versteckt meine Hand.

„Eine Überraschung?", frage ich und lächle ihn an.

Leider bleibt er mir eine Antwort schuldig und sucht sich stattdessen einen Platz genau neben der Eingangstür.

Jetzt wird es Zeit für einen Latte macchiato.

Hilfesuchend halte ich Ausschau nach Isabella, die ich neben Anna hinter der Theke entdecke und natürlich kommt sie sofort zu mir, als ich ihr freudig zuwinke.

„Was war das denn jetzt?", fragt sie aufgebracht und setzt sich auf den Stuhl neben mir.

„Es tut mir leid, dass sich das alles in deiner Pasticceria abgespielt hat", entschuldige ich mich. Nicht auszudenken, wenn die Situation mit Ricardo eskaliert wäre. Der Imageschaden für Isabella hätte ungeahnte Folgen für sie haben können.

„Mach dir darüber mal keine Sorgen. Ich konnte in der Zwischenzeit ein paar Dinge erledigen und auch einen Tatbestand prüfen", flüstert sie.

„Tatbestand?", wiederhole ich und sehe sie fragend an.

„Ich habe dir doch erzählt ...", beginnt sie leise, „dass ich erneut mit meinem Händler im *Darknet* gechattet habe. Dieser hat mir nicht nur bedenkliche Informationen zukommen lassen, sondern ich musste auch wieder nichts bezahlen ..."

„Vertrage ich deine Erkenntnisse auf nüchternen Magen?", frage ich vorsichtshalber.

„Definitiv nicht!", knurrt Isabella und bittet ihre

Angestellte Anna zu uns an den Tisch, um unsere Bestellung aufzunehmen.

Nachdem sie wieder gegangen ist, dränge ich
meine Freundin, mir auch auf nüchternen Magen
mitzuteilen, was sie herausgefunden hat.

Isabella gibt erst ein undefinierbares Geräusch von
sich, bevor sie mahnt: „Auf deine Verantwortung!"

„Ich falle schon nicht gleich vom Stuhl", entgegne
ich.

„Das bezweifle ich!"

Capitolo 18

Tatsächlich wartet Isabella mit ihrer bedeutungsvollen Offenbarung, bis ich mein Croissant verspeist habe.

„Jetzt rede schon!", fordere ich sie auf, während ich den letzten Bissen kaue und danach hinunterwürge.

„Also …", beginnt sie bedeutungsschwer.

„Isabella! Fang an zu reden!"

„Ist ja gut! Weil du so ungeduldig bist, bekommst du die harte Version!"

„Ach, wie nett von dir! Ich höre!"

„Vincenzo war der Freund von Ricardos Schwester!"

„Wie bitte?", röchle ich.

„Ich habe dir doch gesagt, dass verträgst du nicht auf nüchternen Magen … aber warte, es kommt noch besser. Er war genau zu der Zeit mit ihr liiert, als du mit Ricardo zusammen warst …"

„Du spinnst doch!", platze ich heraus.

„Außerdem …", fährt Isabella fort.

„Da kommt noch mehr?", jaule ich.

„Vincenzo ist in dem gleichen Jahr nach Mailand gezogen wie du damals und … wann glaubst du, ist er hier in der Toskana wieder aufgeschlagen? Na, hast du eine Idee?"

„Ich will es gar nicht wissen!", maule ich.

„Das ist mir egal, ich sage es dir trotzdem … und zwar genau zu dem Zeitpunkt, als du nach deiner Scheidung wieder in das Anwesen deiner Familie eingezogen bist …"

„Stalkt er mich?"

„Hmm. Entweder ist Vincenzo dein größter Fan oder er ist besessen davon, dich zu beschützen. Beides macht mir Angst."

Mir jetzt auch!

„Diese Informationen hast du alle von deinem ominösen Händler aus dem *Darknet*?", frage ich und klinge skeptisch.

„Sí! Allerdings war mir das zu persönlich, was dieser Typ alles wusste …"

„Deshalb frage ich … natürlich kann man viele Dinge im Internet recherchieren und schon allein, welche Informationen man auf den Social-Media-Plattformen abgreifen kann, ist nicht gerade wenig. Aber so genau …", zweifle ich laut.

„Aurora! Ich bin ehrlich. Mein erster Gedanke war, dass mein Händler in Wirklichkeit Giulio ist …"

„Dein Giulio?"

„Der ist nicht mein …", echauffiert sich Isabella.

„Aber du behältst ihn?", frage ich spöttisch.

„Er scheint sich als ganz brauchbar zu erweisen. Übrigens, er ist schon neunundzwanzig", berichtet Isabella stolz und muss dabei kindisch lachen.

„No!", sage ich und gebe mich überrascht. „Und er studiert immer noch?"

„Sí! Ich bin jetzt sein Hauptstudienfach. Für den erfolgreichen Abschluss braucht er noch ein wenig mehr Praxis …"

„Die du ihm nahebringst", ergänze ich und versuche, ernst zu bleiben.

„Das ist harte Arbeit", ereifert sich Isabella und kämpft genauso wie ich gegen das Lachen an. Irgendwann geben wir es auf und lassen unseren Gefühlen für einen Moment freien Lauf.

„Nun beschäftigt mich intensiv die Frage, ob Giulio der ominöse Händler sein könnte. Theoretisch wäre es möglich, oder was denkst du?", frage ich meine Freundin.

„Aber praktisch nicht!", offenbart Isabella, denn sie gesteht mir, dass sie sich – während Giulio vorhin in der Pasticceria war – hinter den Tresen zurückgezogen und heimlich den Händler erneut angeschrieben hat. „Er kann es nicht gewesen sein, weil ich Giulio genau beobachten konnte und er zu dem Zeitpunkt weder sein Smartphone noch seinen Laptop in der Hand hatte."

„Vincenzo kommt auch nicht in Frage, denn er wird kaum diese Geheimnisse über sich offenbaren …", überlege ich laut.

„Ich glaube, der Rest unseres *kriminellen Umfeldes* ist nicht wirklich in der Lage, im *Darknet* unterwegs zu sein …"

Da gebe ich Isabella recht.

Doch wer ist es dann?

„Ich habe dir aber noch nicht den eigentlichen Grund gesagt, warum ich den Händler angeschrieben habe …", informiert mich Isabella und sie spricht dabei mit einem eigenartigen Unterton.

„Was kommt jetzt noch?", brumme ich.

„Ich habe gestern einen Auftrag per E-Mail

erhalten, eine luxuriöse Hochzeit mit meinen Köstlichkeiten auszustatten und wo glaubst du, soll diese stattfinden?"

„Deine Tonlage gefällt mir nicht!"

„In Sizilien! Und der geheime Auftraggeber ist ein Marcello Rossetti."

„Ach, was!"

„Aurora! Das ist deine Hochzeit, die er plant!"

Heute überrascht mich nichts mehr!

***

Tatsächlich nehme ich Isabellas Offenbarungen mit einer unterschwelligen Gelassenheit zur Kenntnis und versuche, mich nicht davon beeinflussen zu lassen, obwohl das völlig normal wäre. Doch um zu überleben, brauche ich einen klaren Kopf, damit ich die richtigen Entscheidungen treffen kann.

Francesco sitzt mit versteinerter Miene neben mir in meinem Sportwagen, während ich zurück zu unserem Anwesen fahre. Wie nicht anders zu erwarten, folgt uns erneut sein Fahrer in der schweren Limousine.

„Was wolltest du mir eigentlich zeigen?", frage ich Francesco, weil mich sein Schweigen zusehends stört und außerdem plagt mich eine gewisse Neugier.

„Das war nur eine Ausrede, um dich dort wegzuholen", sagt er. Die angespannte Stimmung wird durch meine Frage nicht besser.

„Ach so. Bist du böse auf mich oder was bedrückt dich?"

„Meine liebe Aurora, meine schlechte Stimmung

hat wirklich nichts mit dir zu tun …"

„Es geht um Vincenzo?"

„Sí!", sagt er kurz. „Und Marcello. Kannst du bitte bei der nächsten Gelegenheit an den Straßenrand fahren und anhalten?"

„Ist dir übel?", frage ich und werfe einen kurzen Blick zu meinem Vater, der so blass wie die Farbe seines Leinenhemdes ist.

Bereits einen Augenblick später parke ich meinen Sportwagen und stelle den Motor ab, obwohl das bei der Hitze keine gute Idee ist. Im Rückspiegel beobachte ich, wie Francescos Limousine direkt hinter uns hält. Mit leichter Ungeduld warte ich, bis mein Vater endlich anfängt zu reden: „Giulio hat mir vorhin im Vertrauen berichtet", beginnt er schwerfällig, „dass Marcello plant, für das Bürgermeisteramt in Palermo zu kandidieren …"

„Heilige Maria!", entflutscht es mir.

Mein Vater ist so tief in seinen Gedanken gefangen, dass er gar nicht auf meine Äußerung reagiert, denn er spricht einfach weiter: „Dies würde bedeuten, dass er Vincenzo höchstwahrscheinlich der Kommission vorstellt …"

„Welcher Kommission?", rufe ich, denn davon habe ich noch gar nichts gehört.

Francesco sieht mich daraufhin entsetzt an, bis er anscheinend realisiert, dass ich davon keine Ahnung haben kann. Jedenfalls erhalte ich kurz darauf einen weiteren Vortrag über den Aufbau der sizilianischen Mafia. Dabei erfahre ich, dass die fünf mächtigsten Familien Siziliens eine Kommission bilden und diese nur alle paar Jahre an einem streng geheimen

Ort zusammentritt. Dass Marcello ein Mitglied davon ist, habe ich schon vermutet, aber nicht, dass er der Boss der Bosse ist. Jetzt verstehe ich auch Francescos Bedenken, denn sollte sich Marcello wirklich das Bürgermeisteramt erkaufen können, dann braucht er einen Handlanger, der die Kommission leitet. Dafür würde er wohl seinen Sohn opfern. Theoretisch könnte mir das völlig egal sein, wenn ich praktisch nicht seine Ehefrau werden soll. Immerhin würde dann meine Mafia-Karriere in den ganz hohen Kreisen starten.

Grausig, dieser Gedanke.

„Was rätst du mir?", frage ich Francesco.

„Unterschreibe weder den Investitionsvertrag noch heirate Vincenzo!"

„Und das sichert mein Überleben?" Ich kann nicht anders und muss meinem Zynismus freien Lauf lassen.

„No!", knurrt Francesco.

Dann ist doch auch diese Frage geklärt.

Wenn ich die Dinge nüchtern betrachte, freue ich mich einerseits über die tiefe Liebe meiner Eltern, andererseits zweifle ich tatsächlich ihren Verstand an, in dieser vertrackten Lage ein Kind in die Welt zu setzen. Man muss kein Studium abgeschlossen haben, um zu wissen, dass diese Entscheidung tödlich enden könnte. Trotzdem verwundert es mich, dass ich immer noch so gelassen mit der Situation umgehe und mich nur ein mulmiges Gefühl beschleicht, wenn ich daran denke, was mir passieren könnte. Irgendwie verspüre ich immer mehr Lust, den alten Machtverhältnissen dieser gefährlichen Organisation entgegenzutreten. Natürlich bin ich nicht so naiv zu glauben, dass ich etwas dagegen ausrichten kann. Dann würde ich sofort zum Opfer, das ist mir klar. Aber kampflos aufgeben werde ich bestimmt nicht. Das hat bis jetzt noch keine Martinelli-Frau getan.

„Übrigens…", beginne ich und starte den Sportwagen wieder, weil es unerträglich warm im Auto wird, „wusstest du, dass Vincenzo mit Ricardos Schwester liiert war?"

Francesco wirft mir anstatt einer Antwort einen entsetzten Blick zu und fragt aufgebracht: „Woher weißt du das?"

„Wäre das nicht deine Aufgabe gewesen, mir das zu erzählen?", mahne ich und fahre los.

„Sí! Nur hatte ich bis eben keine Ahnung davon, dass es Ricardos Schwester war. Bist du dir ganz sicher?"

„Und wieso weißt du nichts davon?" Ich glaube Francesco nicht.

„Vincenzo hat mir seine Affären nie persönlich vorgestellt. Er war sich schon als junger Mann sicher, dass er nie heiraten und schon gar keine Familie gründen möchte. Ich konnte ihn auch verstehen bei einer Verwandtschaft wie seiner mit diesem Hintergrund. Deshalb mischte ich mich auch nie in seine Frauengeschichten ein. Vielleicht hätte ich das machen sollen …"

„Aber dass er viele Jahre in Mailand gelebt hat, ist dir nicht neu?" Ich schaffe es einfach nicht, meine Ironie – oder ist es Sarkasmus – zu unterdrücken.

„Natürlich nicht!", brummt mein Beifahrer. „Magst du ihn?"

„Vincenzo?", frage ich dümmlich, um mir Zeit für die Antwort zu verschaffen. Ich glaube, dass ich ihm in einem normalen Leben eine Chance geben würde, weil mich sein cooler Charme enorm reizt. Da ich dies nicht mehr führe, vergrabe ich besser meine Gefühle. „Ich stehe darauf, mir die falschen Männer auszusuchen. Das gibt mir so einen Kick", bemerke ich zynisch und biege in die Zufahrtsstraße zu unserem Weingut ein.

***

Francesco war wohl von dem Verlauf unseres Gesprächs entweder wenig begeistert oder es hat ihn sehr nachdenklich gestimmt. Beides ist für mich nachvollziehbar, denn auch für ihn ist die angespannte Situation nicht angenehm. Aber darauf kann ich keine Rücksicht nehmen, denn ich bin immer noch die zukünftige Erbin – sofern Donatella das noch will – dieses Weingutes und deshalb habe ich mir vorgenommen, mich für den Rest des Tages um die Belange zu kümmern, die damit verbunden sind. Dafür benötige ich Matteos Fachwissen, der sich nach unserem kurzen, eben geführten Telefonat im Büro bei meiner Mutter aufhält.

Francesco begleitet mich noch ein Stück stillschweigend, bis er sich dann mit einer lapidaren Ausrede von mir verabschiedet.

Leider verpasst er dadurch den glamourösen Auftritt von Donatella – die sich in Begleitung von Paolo befindet –, denn sie trägt einen langen Jumpsuit mit auffälligem Leopardendruck, knallroten Lippenstift und so hohe Pumps, in denen ich nicht einmal drei Schritte laufen könnte. Paolos Outfit dagegen ist schlicht; dafür sehen sein weißer Anzug und der farblich passende Herrenhut unwahrscheinlich elegant aus.

Sofort laufe ich beiden entgegen und kann mir doch eine spitze Bemerkung gegenüber meiner Großmutter nicht verkneifen: „Befindest du dich auf der Jagd oder was hast du vor?"

Donatella kneift kurz die Augen zusammen – ich bin mir nicht sicher, ob wegen der Sonne oder meiner bissigen Frage – und erklärt mir dann in monotoner Sprache, dass sie sich Signore Serra als Opfer ausgesucht hat.

„Den Direktor unserer Bank?", rufe ich und bin total irritiert. „Was ist denn passiert?"

„Abgesehen von unserem Familiendrama nichts weiter", sagt Donatella und setzt die passende Sonnenbrille zu ihrem Jumpsuit auf. „Doch es wird Zeit, dass wir uns um dich kümmern. Wir haben lange genug gewartet und uns zurückgehalten, doch nach den jüngsten Ereignissen, die sich heute früh in Isabellas Pasticceria abgespielt haben, müssen wir handeln. Ich werde nicht zusehen, wie du zur Mafia-Braut gekürt wirst. Du hast mich als kleines Mädchen schon manchmal zum Wahnsinn getrieben und das müssen wir jetzt nicht noch einmal wiederholen." Die letzten zwei Sätze sagt Donatella mit einem warmherzigen Lächeln im Gesicht.

Ich liebe diese kleine Frau.

Trotzdem!

„Wieso hast du mir nichts von dem Termin bei

unserer Hausbank gesagt? Ich wäre doch mitgekommen oder willst du das nicht?", frage ich und wundere mich schon.

„Weil man dir in den letzten Tagen schon zu viel zugemutet hat. Außerdem gehört das Weingut noch mir und deshalb bin ich auch dafür verantwortlich."

„Wir möchten verhindern ...", mischt sich Paolo ein, „dass du diesen irrsinnigen Investitionsvertrag unterschreibst, denn wir wissen nicht, wo Vincenzos Zukunft liegt. Viel Auswahl hat er nicht, denn entweder bleibt er auf unserer Seite oder er wechselt zu Marcello. Sollte das passieren, dann müssen wir darauf vorbereitet sein. Deshalb gehen wir zur Bank. Ich habe letztes Jahr ein Stadthaus in Palermo verkauft und dieses Geld reicht aus, damit du nicht mehr in finanziellen Schwierigkeiten steckst."

„Das kann ich nicht annehmen!", entgegne ich sofort.

„Doch! Ich bestehe darauf. Du bist zwar die Enkeltochter meines verstorbenen Bruders, aber das ändert nichts an der Tatsache, dass ich mich genauso für dich verantwortlich fühle."

Gerade will ich einen weiteren Einwand entgegenbringen, doch Donatella weist mich zurecht: „Du bist jetzt still und nimmst das Angebot an! Keine Widerrede mehr! Sollte deine Mutter oder der Rest der Familie Conti fragen, wo wir sind ... du hast keine Ahnung! Verstanden?"

Das war eindeutig!

Capitolo 19

Nachdem Donatella mit Paolo aus meiner Sichtweite verschwunden ist, frage ich mich ernsthaft, welche Art von Beziehung diese beiden wohl führen. Da ich kaum etwas über Paolo weiß und ich noch keine richtige Chance hatte, ihn in diesem Familiendrama näher kennenzulernen, wirkt er auf mich eher bescheiden. Ich glaube allerdings, man tut gut daran, ihn nicht zu unterschätzen oder zu verärgern. Vielleicht ist er sogar das heimliche Familienoberhaupt der Contis und nur ich habe wieder einmal keine Ahnung davon.

Das kann man ändern.

Doch jetzt gehe ich erst einmal zu meiner Mutter ins Büro. Bereits im nächsten Augenblick kann ich meinen Plan verwerfen, denn Matteo verlässt gerade mit ihr das Nebengebäude und beide kommen mit versteinerten Gesichtsausdrücken direkt auf mich zu.

Was ist denn jetzt schon wieder passiert?

„Mir geht es gut!", rufe ich beiden sofort zu und setze zusätzlich ein besonders optimistisches Lächeln auf und hoffe, dass ich sie damit überzeugen kann.

„Prima!", freut sich Matteo. Sobald er vor mir steht, gibt er mir einen Kuss auf die Stirn und meine Mutter umarmt mich fest.

„Irgendwie seid ihr komisch ...", murmle ich.

„Ach was!", wiegelt meine Mutter ab. „Jetzt lass uns nachsehen, wie es den Weinreben geht", sagt sie und bindet sich dabei ihre langen Haare zu einem unordentlichen Dutt zusammen.

„Du kommst mit?", frage ich und freue mich gleichzeitig, weil sie das in den letzten Jahren selten gemacht hat, denn sie ist hauptsächlich für den Vertrieb unseres Weins zuständig.

Früher, als ich noch ein kleines Mädchen war, sind wir oft zusammen durch die Weinberge gelaufen und da hat sie mir immer von ihrer Kindheit erzählt. Ich fand das so spannend und deshalb erinnere ich mich wirklich gerne an diese Zeit.

„Dir ist schon klar, was ich dann von dir hören will", drohe ich ihr scherzhaft.

„Jetzt werde nicht kindisch", lacht meine Mutter und wirkt plötzlich gelöst.

„Cara, ich kenne auch noch nicht alle Geschichten", wirft Matteo ein.

„Ihr seid unglaublich!"

Das sind wir tatsächlich.

***

Matteo, meine Mutter und ich kehren viel später aus den Weinbergen zurück, als wir ursprünglich dachten, denn zwischen den Rebstöcken gab es nur uns, das Zirpen der Singzikaden und eine Menge staubigen Boden. Außerdem machten wir unsere Drohung wahr und nötigten meine Mutter, etliche Anekdoten von früher zu erzählen. Dabei erfuhr ich ein paar lustige Dinge über meine Großmutter, die ich bisher noch nicht kannte. Doch je näher wir jetzt wieder dem Weingut kommen, umso nachdenklicher wird die Stimmung.

„Ich brauche dringend eine Dusche", sage ich, nachdem wir das Hauptgebäude erreicht haben, denn nicht nur meine nackten Beine sind von einer dünnen grauen Staubschicht überzogen.

Meine Mutter pflichtet mir bei, doch sie will vorher erst noch einmal ins Büro, weil sie auf eine wichtige E-Mail hinsichtlich einer großen Weinbestellung wartet.

„Brauchst du meine Hilfe?", will ich wissen.

„No! Matteo soll dich nach oben bringen", sagt sie und wirft ihm einen vielsagenden Blick zu.

„Jetzt übertreibt ihr aber!", motze ich, während sich meine Mutter von mir mit einer festen Umarmung verabschiedet.

„Keine Widerrede", brummt Matteo und wirkt im nächsten Augenblick plötzlich niedergeschlagen.

„Was bedrückt dich?"

„Ach, die ganze derzeitige Situation", sagt er und winkt genervt ab. „Dass dich dieser Ricardo so hintergangen hat, will mir nicht in den Kopf. Eigentlich bin ich gut mit ihm ausgekommen …"

Nicht schon wieder dieses Thema.

„Der Rest der Familie weniger …", brumme ich.

„Das stimmt so nicht ganz … wir mochten ihn alle … irgendwie, aber keiner hat ihm getraut. Das war alles zu perfekt zwischen euch."

„Wie meinst du denn das jetzt? Meine Liebe zu ihm war echt und ich wollte tatsächlich ein Leben mit ihm", rechtfertige ich mich.

„Das weiß ich und auch bei ihm hatte ich das Gefühl, dass er dich abgöttisch liebt. Wenn er dich nur ansah, lag schon Leidenschaft in der Luft …"

Oh ja.

Zwischen uns brodelte tatsächlich die pure Lust. Nur eine Berührung von ihm reichte und mir ging es wie Isabella mit ihrem Giulio.

„Ich wusste nicht …", sage ich traurig, „dass man so intensiv eine Liebe vortäuschen kann." Sobald ich den Satz ausgesprochen habe, überfällt mich doch wieder eine tiefe Wehmut. Bevor ich jetzt anfange, vor Matteo zu weinen, verabschiede ich mich schnell von ihm. Doch er beharrt darauf, mich noch bis zu meiner Wohnungstür zu bringen.

„Der schwarz gekleidete Motorradfahrer ist nicht mehr gefährlich", versuche ich zu scherzen, während wir im Haupthaus die Treppen hinauflaufen.

„Das war er nie. Dafür aber Ricardo. Er wird wiederkommen!", prophezeit Matteo.

Das befürchte ich auch.

Direkt vor meiner Wohnungstür verabschiede ich mich von Matteo mit einer festen Umarmung und zusätzlich einem Kuss auf die Wange. Er wird immer so eine Art Papa für mich sein, auch wenn ich jetzt meinen leiblichen Vater kenne.

„Ich bleibe auch heute Nacht hier, sollte irgendetwas sein", brummt er und küsst mich dabei auf die Stirn.

„Francesco ist auch im Haus", sage ich, denn das hat mir meine Mutter vorhin erzählt. Allerdings habe ich keine Ahnung, wo Vincenzo ist. Nach dem Vorfall von heute früh in Isabellas Pasticceria habe weder ich noch der Rest der Familie etwas von ihm gehört – geschweige denn ihn gesehen.

Was wird er wohl den ganzen Tag gemacht haben?

Mit dieser Frage im Kopf öffne ich meine Wohnungstür, die ich tatsächlich wieder nicht abgeschlossen habe. Es fällt mir schwer, mich umzugewöhnen, aber es ist wirklich ratsam.

Während ich die Tür mit mehr Schwung als nötig in das Schloss fallen lasse, ziehe ich bereits meine staubigen Schuhe sowie Socken aus. Barfuß laufe ich weiter in Richtung Bad und beim zufälligen Blick auf die hellen Terrakottafliesen entdecke ich Blutspritzer. Abrupt bleibe ich stehen und im nächsten Moment ruft eine Männerstimme meinen Namen.

Verflucht! Ich habe es geahnt.

Reflexartig greife ich nach dem erstbesten Gegenstand und erwische einen Kleiderbügel, der aus stabilem Holz gefertigt wurde. Mit ihm bewaffnet, schleiche ich mich in Richtung Badezimmer und schiele durch den Spalt der offenen Tür.

Tatsächlich sitzt dort Ricardo auf dem Wannenrand und sofort fällt mir sein blutverschmiertes weißes Hemd auf.

Eigentlich müsste ich jetzt sofort aus meiner Wohnung fliehen und Matteo benachrichtigen, doch ich verspüre plötzlich den Drang, mich dieses Mal mit Ricardo allein auseinanderzusetzen. Natürlich ist mir bewusst, dass ich mich in große Gefahr begebe, doch dieses Risiko gehe ich bewusst ein.

Mit leicht zittriger Hand stoße ich die Badtür so weit auf, dass ich Ricardo richtig sehen kann.

Sobald er mich bemerkt, sieht er auf und dabei

fallen ihm einige Haarsträhnen in sein fahl aussehendes Gesicht.

„Hey …", begrüßt er mich und hebt dabei die linke Hand, die er gleich wieder auf den großen Blutfleck drückt, welcher sich auf seinem weißen Hemd abzeichnet.

„Hatte ich mich heute früh nicht klar genug ausgedrückt?", fauche ich ihn an und bin innerlich trotz allem entsetzt.

„Deutlicher ging es nicht", brummt er.

„Wieso bist du dann hier und was ist passiert?"

„Das ist nur ein Kratzer", wiegelt Ricardo ab und in seiner Stimme fehlt die sonstige Schärfe. „Wo hast du das Verbandszeug hingeräumt? Es war doch immer in der untersten Schublade in der weißen Kommode?"

Daran erinnert er sich noch?

„Ich habe es nicht weggeräumt", antworte ich und betrete zögerlich das Bad.

„Ich tue dir nichts!", flüstert Ricardo. „Aber bitte verschließe zukünftig wenigstens deine Wohnungstür. Aurora! Du bist der letzte Mensch, den ich verletzen würde."

„Das fühlte sich heute Morgen anders an", schnarre ich und denke daran, wie grob er mich in Isabellas Pasticceria angefasst hat.

„Das wollte ich nicht und es tut mir wirklich leid, was alles zwischen uns passiert ist …"

„Ich glaube dir kein Wort", zische ich, lege den Kleiderbügel in Griffnähe und krame das Verbandsmaterial heraus, das tatsächlich unter die Handtücher in der Schublade gerutscht ist.

Damit bewaffnet nähere ich mich Ricardo und atme dabei seinen abstoßenden Geruch von Zigaretten und Männerschweiß ein. Mit angewiderter Miene stehe ich nun direkt vor ihm und gebe ihm mit einer Handbewegung zu verstehen, dass er sein Hemd öffnen soll.

Tatsächlich lässt mich der Anblick seines nackten muskulösen Oberkörpers völlig kalt und das liegt nicht nur an Ricardos ungepflegtem Aussehen.

„Ich weiß, dass ich nicht mehr der Mann bin, den du einmal begehrt hast", sagt er leise und klingt dabei wehmütig.

„Du könntest wenigstens duschen!", motze ich und bitte Ricardo, das Taschentuch, was er auf seine Wunde gedrückt hat, wegzunehmen.

„Willst du nicht wissen, wer mir das angetan hat?", fragt er und seine hellbraunen Augen betrachten mein verschwitztes Gesicht.

„Hast du es verdient?", schnarre ich, während ich das Desinfektionsmittel grob auftrage, sodass Ricardo vor Schmerz kurz aufstöhnt.

„Ich wollte dich beschützen und deshalb ist mir die Verletzung egal ..."

„Beschützen!", blaffe ich. „Du? Mich? Vor wem? Dir selbst?" Seine blödsinnige Aussage empfinde ich als Zumutung.

„Vincenzo!", brummt er.

„Du wolltest mich vor Vincenzo beschützen?", wiederhole ich, greife nach der sterilen Kompresse und reiße sie unbeherrscht auf. Bevor ich sie ihm auf die Stichwunde lege, will ich wissen, wie es zu der Verletzung gekommen ist.

„Ich habe heute Abend auf Vincenzo gewartet und als er zurück zu seinem Castello gekommen ist, ihn dort zur Rede gestellt. Ich wollte nur, dass er dich in Ruhe lässt, denn er hat meine Schwester Elena schon unglücklich gemacht. Du weißt bestimmt davon, oder?", fragt er und plötzlich spüre ich seinen herausfordernden Blick.

Jetzt bin ich unbeschreiblich froh, dass mich Isabella schon in dieses fragwürdige Geheimnis eingeweiht hat und deshalb kann ich reagieren, als wäre ich darüber nicht erstaunt. Nicht auszudenken, in welches emotionale Chaos ich gestürzt wäre, hätte ich nichts von der Beziehung zu Ricardos Schwester gewusst.

„Und da wolltest du dich als Held aufspielen oder eher ihm klarmachen, dass du in mein Weingut investieren willst, damit du deine Mafia-Geschäfte durchziehen kannst?", blaffe ich ihn weiter an und drücke ihm unsanft die Kompresse auf die nicht mehr blutende Wunde.

„Du weißt davon?" Seine Stimme klingt finster.

„Sí!", grolle ich. „Schlimmer hättest du mich nicht hintergehen können!"

„Du hast mir nie die Chance gegeben, dir mein angeblich skrupelloses Verhalten zu erklären ...", wehrt sich Ricardo und zeigt auf ein Tattoo, was unter seinem hochgekrempelten Hemdsärmel am Unterarm sichtbar ist. Da er mit verschiedenen Tattoos übersät ist, die alle eine für ihn wichtige Bedeutung haben, ist mir der große Buchstabe A, der in der Silhouette des Eiffelturms eingebettet ist, gar nicht aufgefallen.

„Beginnt der Name deiner Ehefrau auch mit A?", gifte ich.

„No! Aurora! Das Tattoo habe ich mir nur für dich stechen lassen und du weißt, was es bedeutet!"

Ich glaube schon, denn wir hatten den Traum, in Paris zu heiraten.

„Es ist mir entfallen!", lüge ich.

„Ist es nicht! Ich kenne dich und weiß, wann du die Wahrheit sagst."

„Außerdem, ich habe mich verändert!", wehre ich mich, weil ich nicht möchte, dass er recht hat.

„Ich mich auch. Wegen dir wollte ich bei der Mafia aussteigen ..." Ricardos eindringlicher Blick gepaart mit seiner Aussage bringt mich kurz aus der Fassung. Tatsächlich sind noch nicht alle Gefühle für ihn verschwunden.

Aber!

Aus der Mafia steigt man nicht so einfach aus. Dafür muss ich keinen weiteren Vortrag von dieser gefährlichen Organisation erhalten. Dies ist ein allgemein bekannter Umstand und sollte man es trotzdem probieren, würde das höchstwahrscheinlich tödlich enden.

Ricardo scheint mein Schweigen als eine Art Zustimmung zu seiner Aussage zu deuten, denn plötzlich beugt er den Kopf nah zu mir und ich kann seinen nach Rauch riechenden Atem auf meinem Gesicht spüren. Auch wenn ich nur erahnen kann, was er als nächsten Schritt vorhat, so treibt mir nur der Gedanke daran einen kalten Schauer über den Rücken.

„Du solltest jetzt gehen", blaffe ich ihn an und

schenke ihm einen angewiderten Blick.

„Ich verstehe!", sagt Ricardo knapp und setzt sich wieder gerade hin. „Für einen Moment hatte ich vergessen, dass du einen sündhaft teuren Verlobungsring an deinem Finger trägst. Im Gegensatz zu dir kann ich dich nicht vergessen. Du scheinst schnell Ersatz für mich gefunden zu haben." Den letzten Satz sagt er mit viel Abscheu in der Stimme. Dann steht er auf und genau in diesem Moment höre ich Matteo rufen: „Aurora! Was ist jetzt mit den Blumen?"

Was für Blumen?

Er weiß von Ricardos heimlichem Besuch.

Während ich irritierter nicht sein könnte, herrscht mich Ricardo leise an: „Was macht er in deiner Wohnung?"

„Sei still!", fauche ich und überlege, ob ich Hilfe rufen oder die Ruhe bewahren soll.

Ich entscheide mich für die zweite Möglichkeit.

„Matteo!", rufe ich zurück und halte dabei Ricardo den Mund zu. „Ich bin im Bad. Warte! Ich komme gleich."

Bevor Ricardo zu irgendeiner Handlung fähig ist, verlasse ich fluchtartig das Bad und stoße im Eingangsbereich meiner Wohnung mit Matteo zusammen. Natürlich hat er keine Blumen in der Hand, sondern ist mit einer Pistole bewaffnet.

„Steck sie weg!", presse ich so leise wie möglich hervor.

„Geht es dir gut?", flüstert er und deutet auf die Blutflecken auf dem Boden.

Damit Ricardo keinen Verdacht schöpft, nicke ich

zuerst – was mein Gegenüber aufatmen lässt – und erzähle ihm dann lautstark, dass nicht ich die Blumen wollte, sondern meine Mutter.

Matteo hält mir, während ich spreche, sein Smartphone vor das Gesicht, damit ich die von ihm geschriebene Nachricht lesen kann. Darin fragt er mich, ob ich Hilfe brauche. Außerdem möchte er Vincenzo oder Francesco informieren.

Bestimmt nicht!

Im Moment ist das meine Bühne.

Vehement schüttle ich den Kopf und bitte ihn in Zeichensprache, dass er aber in der Nähe bleiben soll.

„Ich warte vor deiner Tür!", flüstert er und verabschiedet sich lautstark mit netten Wünschen für meine angehende Nachtruhe.

Sobald Matteo verschwunden ist, gehe ich langsam ins Bad zurück und finde Ricardo noch genauso vor, wie ich ihn verlassen habe.

Mit zusammengekniffenen Augen betrachtet er mich skeptisch und knurrt: „Kommt jetzt gleich die Kavallerie, so wie heute in der Pasticceria? Du weißt hoffentlich, wer Marcello Rossetti ist?"

Mittlerweile schon, aber das werde ich Ricardo bestimmt nicht verraten.

„No! Wer soll das sein? Dieser ältere Herr, der dir so freundschaftlich seine Finger in die Schulter grub?", frage ich süffisant.

„Du hast keine Ahnung, zu was dieser Mann fähig ist und was er für eine Macht besitzt. Er ist der Boss der Bosse in Sizilien und entscheidet über Leben und Tod."

Der ideale Schwiegervater.

„Erzähle doch nicht so etwas", sage ich abwertend. „So ein Mann läuft doch nicht frei herum. Er wird doch bestimmt von der Polizei gesucht."

„Das wird er auch, nur werden sie ihn nicht kriegen. Er ist wie ein Geist, der plötzlich auftaucht und gleich wieder verschwindet. Trotzdem frage ich mich, was dich mit ihm verbindet? Er war heute nicht wegen eines Espressos dort", sinniert Ricardo laut.

„Vielleicht hast du ihm irgendetwas von mir erzählt?", werfe ich ihm vor.

„Ich? Traust du mir das wirklich zu? Das wäre dein sicheres Todesurteil."

Ich weiß!

„Außerdem ...", fährt Ricardo fort, „was soll ich diesem Mann von dir erzählen? Die Sache mit deinem Weingut ist für ihn nicht wirklich relevant und andere Leichen hast du nicht in deinem Keller ..."

„Sicher?" Ich kann nicht anders und muss Ricardo herausfordern, denn ich will wissen, ob er meine wahre Identität tatsächlich an Marcello verraten hat.

„Aurora! Was soll das?", regt er sich auf, greift vorsichtig nach meiner Hand und drückt sie sanft. Erst dann spricht er weiter: „Ich mag in deinen Augen ein Schwindler und Lügner sein, aber ich bin kein Arschloch. Meine Heirat war im Sinne der Familie arrangiert und ist nicht aus Liebe geschlossen worden. Ich respektiere und ehre meine Frau, aber lieben tue ich nur dich."

Ich glaube ihm nicht!

„Hör auf!", blaffe ich deshalb und entziehe ihm meine Hand. „Du musst jetzt gehen!"

„Willst du das wirklich?", fragt er und steht mühevoll auf.

„Ganz sicher!", antworte ich, trete einen Schritt
zur Seite, damit er – ohne mich zu berühren – das
Bad verlassen kann.

Tatsächlich kommt Ricardo meiner Aufforderung
ohne Umschweife nach und läuft langsam zur Wohnungstür, während ich ihm mit Abstand folge. Mit
jedem Schritt, den er sich von mir entfernt, spüre ich
eine unfassbare Erleichterung.

Doch plötzlich bleibt er abrupt stehen, dreht sich
ruckartig zu mir um und sagt mit fester Stimme: „Ich
werde nicht zulassen, dass du Vincenzo Conti heiratest!"

Mein Leben. Meine Entscheidung.

ENDE

von Teil I

Danksagung

Der erste Teil der Trilogie ist fertiggestellt und das hätte ich nicht ohne die Hilfe von meinem langjährigen und fantastischen Team geschafft, denn ein Roman wird nicht nur von der Autorin geschrieben.

Ein besonders großer Dank geht an Jens Bachmann - mein persönlicher Held -, der nicht nur das Cover gestaltet, sondern ebenfalls mein Manuskript in eine lesbare Form gebracht hat.

Meiner hochgeschätzten Lektorin Daniela Humblé-Janßen gilt wie immer mein großer Dank, denn durch ihre humorvolle Korrektur wird es mir bei der Berichtigung des Manuskripts nie langweilig.

Was würde ich ohne meine Erstleser tun, die mir besonders dieses Mal die Furcht vorm Versagen genommen haben. Ich danke Silke Gruner, Angelika Hoffmeister, Martina Giesing-Tekampe, Laura Berger und Katrin Morgenstern.

Rossella Tassone gilt ebenfalls ein ganz besonderer Dank, denn sie war mir behilflich im Umgang mit der italienischen Sprache.

Ralf Taube danke ich für die Unterstützung im Bereich Marketing.

Und nicht zuletzt gilt natürlich mein Dank meiner Tochter Tiffany und meinen Eltern. Ohne eure Hilfe und Unterstützung in jeglicher Hinsicht wäre ich heute nicht da, wo ich jetzt bin. Ich liebe euch.

Shelia Fisher

Bereits erschienen:

Shelia Fisher

**Eine Hochzeit
in den Hamptons**

ISBN 9 783749 406623
Paperback 9,99 EUR
E-Book 2,99 EUR

Logan Harper ist Mitte vierzig, ein erfolgreicher
Architekt und Single. An eine feste Bindung will er nicht
denken und genießt sein Leben in Begleitung von
schönen jungen Frauen. Die bevorstehende Hochzeit
seiner Cousine Miranda und die daraus entstehenden
Konflikte verändern jedoch sein Leben.

Nicht nur, dass er gezwungen wird, seine innige
Beziehung zu Miranda zu überdenken, sondern
zusätzlich meldet sich seine bewegte Vergangenheit, mit
der er von seiner Assistentin, Mrs. Perkins, – in Form
einer bedruckten Kaffeetasse – konfrontiert wird.

Plötzlich schmerzen wieder seine seelischen Narben und
auch die Erinnerungen – die er bis dahin strikt ignoriert
hat – kehren gnadenlos zurück. Trotzdem beschließt er,
sich seinen Gefühlen zu stellen und reist dafür nach
London.
Dort trifft er nicht nur auf seine Vergangenheit, sondern
auch auf eine für ihn bedeutende Person aus dieser Zeit.

Wird dieses Treffen erneut Logans Leben beeinflussen?

Außerdem erschienen:

Shelia Fisher

Der andere Kunsthändler

ISBN 9 783743 181441
PB 248 Seiten 8,99 €
E-Book 2,99 €

Clive Henderson ist ein angesehener Londoner Kunsthändler, der im Stadtteil Mayfair eine eigene Galerie besitzt. Seine außergewöhnlichen Tattoos und seine Leidenschaft für Schmuck und Talismane im Piraten-Stil verleihen ihm ein extravagantes Aussehen.

Dass seine Geschäfte nicht immer auf legalem Weg ablaufen, weiß seine Kundschaft sehr zu schätzen – unter anderem Mrs. Clark. Sie ist eine sehr spezielle Kundin, die gern seine einzigartigen Dienste in Anspruch nimmt.
Schon bald bringt sie sein geordnetes Leben durcheinander – und auch wenn sie eigentlich gar nicht Clives Frauentyp ist, so verfolgt ihn doch der stechende Blick ihrer blauen Augen bis in seine Träume hinein.

Die Ereignisse überschlagen sich, als er mit Hilfe seines Freundes Alexander, der wiederum bei einem Geheimdienst tätig ist, Mrs. Clarks wahre Identität ermittelt.
Plötzlich hadert Clive mit seinen Gefühlen und seine Existenz gerät in Gefahr.

Wie wird er sich entscheiden?

Außerdem erschienen:

Shelia Fisher

**Der andere Kunsthändler
Part II**

ISBN 9 783752 815719
PB 228 Seiten 7,99 €
E-Book 2,99 €

Seit der Ankunft von Clive Henderson und seinen Begleitern in Kenia gehen in dem Farmhaus merkwürdige Dinge vor sich. Die gekappten Telefonleitungen und das plötzlich verschwundene Personal sind erst der Anfang.

Als Clive und Violet auf der Suche nach weiteren ominösen Gemälden mit Waffen bedroht werden, gerät nicht nur ihr eigenes Leben in Gefahr.
Doch auf die Unterstützung von Clives bestem Freund Alexander können sie im Moment nicht hoffen, denn sein suspektes Verhalten muss einen Grund haben und den gilt es herauszufinden.

Deshalb entschließt sich Clive zu einer Planänderung und erhält dabei unerwartete Hilfe von einem alten Bekannten. Allerdings sorgt dieser für einige Turbulenzen und zusätzliche Überraschungen.

Wird es Clive gelingen, diese Herausforderungen zu meistern?

Außerdem erschienen:

Shelia Fisher

**New York –
Im Reich der Diamanten**

ISBN 9 783744 848046
PB 204 Seiten 7,49 €
eBook 1,99 €

Aiden Collister wohnt auf der Upper East Side von Manhattan und ist Mitglied des elitären New Yorker Diamond Traders Clubs.

Seit dem Tod seiner Frau vor drei Jahren sucht er förmlich die Gefahr. Daher reagiert er bei einem Überfall auf ihn mit äußerster Gelassenheit.

Ferner erfährt Aiden dabei, dass auf zwei Mitglieder des Clubs tödliche Anschläge verübt wurden und auch gefälschte Zertifikate von Diamanten eine große Rolle spielen. Zusätzlich kursieren Gerüchte über einen Überfall auf einen Diamantentransport in Angola und eines der seltenen roten Exemplare gerät in Aidens Fokus.

Da er vermutet, dass es sich um sogenannte Konfliktdiamanten handelt, fährt er zur Klärung in das Elendsviertel von Pretoria und gerät dort in arge Bedrängnis.

Ist er das nächste Mitglied aus dem Club, welches beseitigt werden soll?